獄中十八年

tokuda kyūichi　shiga yoshio
徳田球一｜志賀義雄

講談社文芸文庫

われわれは何等むくいられることを期待することなき献身をもって、
全人民大衆の生活の安定と向上のためにたたかうであろう——徳田球一

まえがき

共産主義者にとって、なによりもたいせつなことは、利己心を去るということである。労働者、農民、そのほか一般人民大衆のために、ほんとうに全身をささげるということである。大臣になりたいとか、金持になりたいとかいう考えはむろんのこと、どんな社会的地位にたいしても、それをほしがるような気もちがあってはならない。役得をしようなどという気がこれっぽっちでもあっては、革命運動はなりたたない。

利己心を去りきるということは、口でいうほどにやさしいことではないが、いやしくも共産主義者であるかぎり、心がまえはいつもそこになければならない。その心がまえがあってはじめて、ほんとうに共産主義者として、また革命家としての勇気がうまれてくる。また正しい認識もそこから生れるし、判断力もたしかになり、生活力もつよくなる。たまたま考えや行動のうえで過ちをおかしたばあいにも、この心がまえがしっかりしていれば、すぐさまその過ちに気がつき、正しい方向に自分をたてなおしてゆくことができる。このようにして、たとえ部分的にはあれやこれやの過ちはあっても、根本的には、いつも正しい道をあぶなげなく進んでゆくことができる。

革命家として生きる以上、困難や労苦を山ほどしょってゆかねばならないのは当然だが、しかも、そのような苦難のうちにも、心になんらの不安がなく、いつも楽天家で、いつもくったくのない、あかるい気分をもちつづけていられるのは、やはりこの心がまえの力である。

共産主義者の道とは、このような道である。わたしどもも共産主義者の一人として、おたがいにはげましあいながら、この道をあるいてきた。そして、げんざい危機に直面している日本民族にとっても、この道をゆくことが一番にのぞましいことだと信じている。しかもこの道は、正しい、くったくのない、あかるい道であるがゆえに、だれでもそこに踏みいることができるし、また共産主義者としてこの道を進むことに喜びを感ずるだろうとおもう。それで、わたしどもの経験の一端を書いたのである。

なお、この「獄中十八年」は、一九四六年二月、時事通信社のおすすめで徳田、志賀の両人が前後四回にわたって口述したのをまとめたものである。党史に関する部分は両人が記憶をたどりながらおぎないあって述べたのであるが、便宜上徳田の部分に一括していれておいた。

徳田球一
志賀義雄

目次

志賀義雄篇

獄中十八年

1945年10月10日、府中刑務所内の予防拘禁所から釈放された徳田球一（中央眼鏡の人物の向かって左後方）と志賀義雄（同じく右後方）。

徳田球一篇

徳田球一

小さな正義派

一八九四（明治二十七）年沖縄県国頭《クンチャン》郡名護《ナゴ》村にうまれた。わたしが共産主義者になったのには特殊な事情がある。――わたしの祖父は鹿児島で旧藩時代に船乗りからだんだん立身してきた廻船問屋《かいせんどんや》だった。琉球に船をもってきて、外国からのいろいろな物資を非常に安く買い、それを鹿児島や門司《もじ》や大阪に売りさばく商売をしていた。そういう船問屋は、みんな琉球で女をもっていた。わたしの父はそういう鹿児島人と、その妾《めかけ》の琉球の女とのあいだにうまれたのである。わたしの母もやはりそういう船問屋の主人と琉球人の妾とのあいだにうまれた。わたしの祖母はひどい貧農の娘で、その生れ故郷の家はまるでブタごやのようなあばらやだった。祖母はそういうところにうまれ、女郎に売られ、やがて祖父の妾になってわたしの父をうんだ。母もおなじようにしてうまれた。母方の祖母は、貧乏な職人の家にうまれ、その家には女の子が三人いたが、二人まで女郎に売られた。祖母はこの悲惨な家にうまれたのであるが、これらの家には税金を納めるのに金がなく、売るものもなく、つまりはその子に当るわたしの祖母たちを売らねばならなかった。値段は慶応《けいおう》年間のことだが、大体十五、六歳の子どもで、日本の金にしてまず二十円ぐらいだったという。ひどいのは十円ぐらいで売ったそうだ。わたしの若いころの値段でも、三十円から五十円ぐらいだった。

わたしの母方の祖母は、わたしの幼年時代に高利貸をしながら泥藍《どろあい》を売っていた。高利貸というのは、貧家で一日五銭ずつ百日間つみあげる五円単位の無尽《むじん》の元締めをすることで、月一割の利子をとってかしていた。それと同時に祖母は、さつまがすりや久留米《くるめ》がすりの染料になる泥藍を売っていた。この泥藍は琉球から九州におくるあいだに目減りがするので、この目減りを理由に農家をごまかして安く買い、高く売るのである。

わたしは十三歳のときから、この目減りをごまかす計算をしていた。わたしの家が貧乏であったから、祖母の家で中学をでるまでは家庭的な雑務を一さいやり、書きものも計算もするし、掛金もとってきた。そして学校へもいっていた。だから一ヵ月のうちに学校へいくのは大体二十日ぐらいだった。十三歳のときに中学に入ったが、そういう若いときから高利貸などがこんなふうにごまかしをやって農民や労働者を搾取《さくしゅ》し、貧民を搾取する過程がすっかり頭に入ってしまった。だから一方では労働者や農民のかわいそうなことが、また他方では自分の母方の祖母をふくめてそういうきたないことをするものにたいする憎しみが、ぐんぐん若い頭脳にしみこんだ。わたしは金をかりにくる人にむかって、祖母の悪口をいった。こういう高利貸から金をかりてはだめだ、かならずさいごのトコトンまでしぼられるから、けっしてかりるな、いまにわたしがもうけて助けてやるから待てと冗談まじりに真剣になって説いた。

わたしは小さいむきな正義派だった。だから祖母にはうんとにくまれた。中学のときにも靴を買ってもらえず、叔父から古靴をかりて体操のときだけはいたが、大きくてパカパカするので靴ずれや豆ができてよわった。それをみながら祖母はすこしもかまってくれない。ふだんはしようがないのではだしでかよっていた。どうしてもこまるときには家のぞうりをはいたり下駄をはいたりしたが、そうすると祖母からかならずひどい目にあわされた。そんな状態のなかにそだったので、まずしい人々への圧迫や不正にたいする反感が非常につよかった。こんな社会では、とうてい自分などほんとうに正しく幸福にいきてはゆけないと、しみじみ感じていた。

しかし、やがてわたしには政治的目ざめがおこり、くらい憤懣《ふんまん》のなかにあかるい光がさしてきた。その直接の動機となったのは、中江兆民《なかえちょうみん》の『一年有半《いちねんゆうはん》』である。そのころ祖母の家にとまっていた金城時男氏という非常に進歩的な人があった。学校の先生あがりで当時県会議員をしていたが、わたしが十五歳のとき、この人が『一年有半』をもってきてわたしに読ませてくれた。この本は明治政府の暴逆を痛烈に批判して、伊藤《いとう》［博文《ひろぶみ》］や山《やま》県《がた》［有朋《ありとも》］一派の無能と腐敗をきびしくつっこんで書いてあり、わたしはそれに大いに感激した。十七歳のとき、やはりその人が、幸徳秋水《こうとくしゅうすい》の『社会主義真髄』を読ませてくれた。「マルクス曰く」とか「エンゲルス曰く」とか大きな字で書いてあるこの本によって、わたしは社会主義というものをはじめて知った。

親孝行でとおる

わたしは子どものとき非常に親孝行だった。今でも村では親孝行とうわさしているという。親孝行は特に母と、父方の祖母にむかって集中し、母方の祖母には前に述べたようにむしろにくしみをもっていた。

わたしの母は父と結婚したことによって母方の祖母と対立する立場にあった。というのは、この父が非常に酒のみで、金をためるということを知らず、人にたのまれるとなんでもくれてしまう性質で、祖母の気にいらなかったからである。そんなことでいつも貧乏つづきだったため、祖母はたいへん母をきらっていた。そして何度もわたしの父母を離婚させようとしたらしいが、けっきょく実現しなかった。こんなわけでわたしとしては祖母をにくむ気もちが母への愛をよけいに深める結果となっていった。わたしの郷里は道がわるく川には橋もなく、あるいてわたらなければならないようなところもあるが、わたしはいつも母をせおってそういうところをあるいた。母親をせおうことなどは普通の人のやらぬことなので、わたしはたいそうな孝行者だといわれたが、じっさいにも母にたいする愛情は深かった。

母のつぎにわたしの幼年時代の愛情の対象となったのは妹である。わたしの後頭部にいまでも傷あとがあるが、これは七歳のとき、妹のために花をとろうとして河原の砂利のたくさんあるところにおちたときの傷である。砂利がズブッと頭に入ってしまい、引きぬかねばならぬのでずいぶんくるしんだが、鹿児島人はスパルタ的で泣くとかならず叱られるから、泣かずに一人で医者に行って治療した。また十二のときに腰を折った。これは榕樹《ようじゅ》［ガジュマル］にのぼって上から妹をあやしていたとき、はずみでさかさまに墜落してしまったのである。それ以来いまでもわたしは、腰の調子がすこしよくない。

わたしの父方の祖母はやはり非常に貧乏な農家にうまれたが、母方の祖母とはまったくちがって慾のない、愚鈍な、やわらかな人だった。わたしの父はこの祖母が年をとってからの子どもだったため、祖母に非常に愛されていた。わたしがうまれてから、その愛がわたしに集中され、わたしは貧乏ななかにもこの祖母からたいへんかわいがられた。祖母は料理が好きだったが、料理の材料をとりに草をつんだりカエルや川魚をとったりするときは、かならずわたしをつれていった。わたしもこの祖母には非常な愛着を感じ、みうちのだれよりも孝行した。夜は寝るまえにかならずあんま役をつとめ、料理の手つだいもした。だからわたしは今でも肉の切り方、魚の煮方など相当料理ができる。ぬいものをしたり、つむいだりするときもてつだった。そのかわり祖母も、すこし金でもあるとわたしの学費をたくわえてやるといつも口ぐせのようにいっていた。この祖母はわたしの中学卒業前に死んだが、死ぬときにも、ぜひこの孫を東京へやれ、自分は子どもに学問をさせることに失敗したから、孫だけはぜひ学問をさせよといって死んだ。

小学校で最初のストライキ

わたしはこういうような善良な祖母と、わるい祖母の二人に育てられ、まえに述べたようにおさないときから社会の罪悪面を身近く見せつけられたので、よわい人たちにたいする同情と、それらの人々を不正な圧力からまもろうという気もちが若いときからつよかった。そして小学校の五年のとき最初のストライキをやった。校長は琉球人でない輸入校長だったが、琉球にくる輸入教員がみんなそうであるように、ざんぎゃく《残虐》で、わるい人間だった。学校でもいわゆる鹿児島のスパルタ的教育で、なぐったり、けとばしたり、「琉球人のばかやろう」などといった。これにたいする反感が昂じてわたしたちはストライキをやった。どういうストライキかというと、体操の時間の一ばんさいごに「別れ」をせずに先生がかえったので、「別れ」をしないから別れるなといってがんばり、そのままみんなで家へかえり、三日ばかり同盟休校をやった。こんご今後《こんご》、なぐったりけったり琉球人をばかにする暴言を吐くなら学校に出ないといってがんばったが、とうとう教師の方が折れておとなしくなった。わたしは小学校に入ってから出るまで級長だったので、偶然このストライキも指導することになった。

中学ではストライキというほどのことはなかった。しかしわたしは非常に乱暴もので、いつも先生とけんかばかりしていた。一度閑院宮《かんいんのみや》夫婦が琉球にきたことがあった。そのとき、その通り道で住民に土下座させ、中学の生徒までみんな鉄砲をもたせて道すじを護衛させた。閑院宮はその顔をみるとそれほどわるい感じもしなかったが、夫人の方は、小さい顔に壁のように白くおしろいをぬり、シロネズミのようなかっこうをしていた。あんなものをこんなにまでしてだいじにむかえなくてもよかろうとおもい、そうした感想をちょっとしゃべったら、問題になってあやうく学校をおいだされかかったが、みんながまもって助けてくれた。

琉球というところは、中学の先生はほとんどよそからきた人だから、琉球人を特別に軽蔑するので、われわれはいつも団結して反抗した。その先生どもは、いずれもいいかげんな検定をとって琉球に流れてきた連中なので、質がわるく、高師〔高等師範学校〕をでたものは十五、六人のうち二、三人で、大学など出ていようものなら、くるとすぐ首席か校長になってしまうというありさまだった。

そのなかでも、とくにわるい先生だとおもったのは、のちに講談社の社長となった野間《のま》清治《せいじ》だった。野間は私が中学一年のときの漢文の先生だったが、漢文などはほとんど知らない。教室では石童丸《いしどうまる》の話や、講談、なにわぶしのようなことばかりやっていた。しかもかれは、遊廓を宿舎とし、まいにちそこから酔っぱらって出勤した。かれももちろん、いいかげんな検定をうけて流れてきた部類なのだが、収入は一月四十円か五十円とっていたはずで、遊廓にとまっても、一ヵ月十円ぐらい、一里の道を車でおくりむかえされ、さんざん酒をのみ、女あそびをしても二十円ぐらいですんだときだから、らくにやってゆける。だからかれのような人間にとっては、琉球はたしかに天国であったろう。しかし、われわれにとっては、地獄であった。

七高生から代用教員

沖縄中学卒業後、一年間東京で予備校生活をしたのち七高〔鹿児島の第七高等学校造士館〕に入ったが、貧乏で学資もなかったので、はじめ母の異母弟にあたる叔父の家に世話になった。この人は大してわるくなかったが、その母がひどい人で、わたしが琉球人の腹だというのでおなじ食卓でめしをくうことをこばみ、ぜんぶ下男と一しょにさせた。湯殿はあったがわたしが湯に入るときたないといって湯にも入れない。だからわたしは町の銭湯にいった。そういう侮辱をうけるのでとうていがまんができなくなり、寄宿舎に入ったが、そうなると金が足りないので、とうとう高等学校は一年在学しただけで中途退学し、一九一三（大正二）年に琉球にかえってしまった。

高等学校では、英語の教師に松本という人がいた。これがいつも琉球人をばかにして、わたしがなにか質問すると、「きさまは琉球人のくせに、おれにきくことはないじゃないか」と吐くようにいう。とうとうわたしはかんしゃくをおこしてストライキをやった。琉球人をなぜ侮辱するか、と大々的にみんなを煽動してストライキをはじめ、とうとうその男を仙台の二高〔第二高等学校〕に追いやった。高等学校というところは、ただ語学ばかりおしえるところで、じつにつまらないとおもった。それで学校の方はほうりっぱなしで自分のすきなことをやっていた。わたしはもっぱら社会主義方面の本を読んだ。そのころ『萬朝報《よろずちょうほう》』が守田有秋《もりたゆうしゅう》の「ドイツ通信」、石川三四郎《いしかわさんしろう》の「フランス通信」などをのせて、それに社会主義運動のことをたえず書いていたので、わたしはそれをずっと読んでいた。琉球にかえってからも『萬朝報』だけは読んでいた。琉球では、小学校の代用教員をやったり、郡役所の書記をやって約四年間郷里でくらした。

小学校の先生では、月給十円ぐらいしかもらえない。これでは生活ができないし、また代用教員だから地位、俸給のあがることも不可能で生活がゆたかになることはない。だからながく先生をやるつもりはなかった。わたしは教科書などおしえないで、自分かってなおしえ方をした。当時の教科書は忠君愛国の思想でかたまっていたが、わたしはそれをおしえないで、主としてトルストイ、ドストイエフスキー、イブセンなどの近代文学、とくにロシヤ文学を教材としておしえていた。ことにトルストイの人道主義的なものをおしえ、はたらかないものは非常にだらくするし、またはたらかないことは罪悪であるということをおしえた。「イワンの馬鹿」などの話をよくした。

郡役所書記

それから、郡役所の書記になったが、そのときは税の整理をやった。琉球では土地が非常に小さく分割されている結果、一銭、二銭、三銭という少額の税がたくさんある。その滞納があるとこれを整理するのに、われわれは一泊二円ぐらいの出張旅費をもらって出張する。実は一円もあれば何十件という滞納を整理できるわけで、それを出張旅費で納めたことにして整理してしまえば簡単である。そうしなければめんどうでもあるし、かわいそうだし、とても見ていられない。それで、わたしは村の連中をあつめて話してきかせた。こんなばかな税はない、みんなが納めたらわたしたちが出張してこなくてもよい、そうするとそれだけ君たちが利益するのであると、そういうぐあいに話をつけて、納めたものには感謝状をやって納めさせた。

もう一つ、郡役所の雇《やとい》をしているときにおもしろい事件があった。役所の会計がひどくみだれていたので、よくしらべてみると、物品購入の単価がべらぼうにたかい。茶わん一個十銭ぐらいのものが、一円、一円五十銭についている。そんなばかな話はないとおもい、商人をあつめて入札させた。すると案のじょう、一円、一円五十銭とされていたものが十銭で落ちた。そのかわり現金ではらった。この方法によると従来年度予算では足りず、翌年度の予算にまでくいこまねばならなかったものが、過ぎた年の未払をぜんぶはらって、その年の必要なものぜんぶをその年の予算で買ったうえに、それまで宿直室などに、くさったようなふとん、毛布などがあったのをぜんぶ新しいのにかえて、それでもなお予算が一割からあまった。

ところが一年間でわたしはやめさせられた。そんな腕をふるうやつをおいておくと、つぎの年の予算はすくなくなるし、またなにをやるかわからない、と商人から苦情が出たからである。商人が会計係などを買収してうまい汁をすっていたのが、すえなくなったのである。

ふたたび東京へ

わたしはだいぶまえからもう一度東京へでたいとおもっていたが、こんなふうに不正の勝つのをみて、ますます上京の念を強めた。ちょうどそのころは、欧洲戦争〔第一次世界大戦〕のおわる直前の好景気時代で、都会では人間の需要が多く、東京へでても苦学して勉強できる見こみが立ったので、一九一七（大正六）年三月、二十四歳のときふたたび上京した。

東京へくると、紹介する人があって、そのころ築地《つきじ》にあった逓信省《ていしんしょう》の貯金局へ雇として入り、日給五十銭をもらった。やすみの日があるので月の収入は十三円五十銭ぐらいだった。いまでも逓信省にはそういう傾向があるが、当時ここの内部はじつにインチキなもので、勤務者をつかえるかぎりこきつかっていた。それというのが勤務者には、いなかから青雲の志をいだいて苦学でもしようと上京したものが多く、そういう青少年を安くつかうからである。かれらは安い月収でも、家から補助をもらうとかして、がまんしていた。かれらはまたストライキをおこさない。青雲の志をいだいているから、ストライキをやってへたに処分など受けると、あとの立身出世のさまたげになるとおもうので、ストライキをおこさないのだ。いまでも逓信省というところは、ストライキの非常にすくないところだ。当時わたしの仕事は、封筒を書いたり、貯金通帳の書換えをしたり、行嚢《こうのう》をかついで他の課にもちこみ整理するというような、下ばたらきのまた下ばたらきだった。ここに九ヵ月ほどいて、夜は日本大学の夜学の法律科にかよった。かよったといっても、じつは日大に籍をおいただけで、学校にかよったのは一ヵ月くらいのものだった。そして大学はまったくつまらないところだとおもった。金森徳次郎《かなもりとくじろう》、山岡万之助《やまおかまんのすけ》、鳩山秀夫《はとやまひでお》などがおしえにきていたが、講義はじつにでたらめないいかげんなもので、著書を読んだ方がはるかによいとおもい、かようのをやめた。

米騒動に参加

一九一八（大正七）年わたしが貯金局につとめていたとき米騒動がおこった。米騒動に参加した大衆の熱意は、当時の米屋をおそう感激にあった。じっさい、米の値があがって人民はみなほんとうにくえない状態にあったし、わたしなども下宿料がはらえなくてこまったが、これは米商人が買いしめをやって米価をつりあげているためだった。そこでこれへの憤激が集中して全国の米騒動になったのだ。わたしも感激してこの騒動に参加した。わたしは両国《りょうごく》あたりで暴動にくわわった。暴動は深川《ふかがわ》からはじまり、両国、神田《かんだ》あたりの米の倉庫をおそい、万世橋《まんせいばし》の方へおしだしてきたが、そこへ警官のトラックがのりこんできて、棒をふりかざしてうえからなぐりはじめた。そのしたをみんな、はうようにしてすすんでいくと、またそばからなぐられ、石を投げられるという調子で、大衆は押しつ押されつで万世橋まですすんだ。万世橋まできたときに軍隊が出動してきた。士官が剣をぬき「射て」の命令をくだしたようだったが、さすがに兵隊は発射しなかった。けれども、両わきを軍隊にはさまれ、うしろからは警官がなぐりかけるので、われわれもとうとうここで算をみだしてにげだした。いのちがけだった。わたしは本郷《ほんごう》へにげて、「湯島《ゆしま》天神の坂を息せききってのぼったことをいまもおぼえているが、それからどうにげたか、目がくらんでわからなかった。ともかくようやくのことで神田の下宿までかえりついて検挙はまぬかれた。この米騒動は、わたしが大きな大衆運動に参加したはじめての経験だったが、このとき警察はひどいものだということをしみじみ感じた。自分のつごうのためにはどんな乱暴でも平気でやるこの政府の暴力にはまったく憤慨した。その憤激はいつまでもつづいた。

そののちまもなく逓信省の雇をやめて、小野某という弁護士の書生になった。この方が勉強に好都合とおもったのだが、ここは十五日しかつとまらなかった。なにより我慢がならなかったのは、電話や人との応待に、非常に卑屈な態度を要求されることだった。やめる直接の動機となったのは、この弁護士の上客が東京駅を朝たつとしらせてきた電話を聞きちがえたことで、わたしは「午前ですか、午後ですか」ときいたが「午後、午後」ときこえ、そう報告したので弁護士は午後東京駅へ見おくりにいった。ところがその出発は午前だった。かれはかえってくるなり、わたしをひどくしかりとばした。わたしはこんなふうではとうていつとまらないとかんがえ、十五日でやめた。しかしほかに就職先もなく、とうとう二月間下宿代をため、下宿屋からもおっぱらわれた。それからわたしは、区役所の臨時傭になったり、裁判所の記録写しをやったりしたが、東京府庁の雇になってからどうやら生活も安定し、勉強をつづけることができた。

司法官試補の二ヵ月

こうして三年間の苦学生活をつづけ、上京してから四年目、二十七歳のとき弁護士になった。

弁護士になるのはわたしの目的でなく、手段だった。社会運動をやるのに弁護士になるのが一ばん好都合だとかんがえ、そのために弁護士になった。当時は弁護士がじつにはばをきかしていた時代で、どこへいっても弁護士というと大きな顔ができたので、社会運動にもってこいの肩書きだとおもったが、じじつ、この看板はなかなか効果があった。ところでわたしは、弁護士になるために二ヵ月間司法官試補をつとめた。それはこんなわけである。

弁護士の試験と判検事登庸《とうよう》の試験がつづいておこなわれ、後者の試験がさきにあった。わたしは両方の試験を受けたが、判検事の試験を受けているあいだにからだがつかれ、弁護士試験をうけるときにはフラフラになり、けっきょく司法官の試験はとおったが、弁護士の方は落ちてしまった。しかし司法官にとおれば、一度それで試補になってからやめると当然弁護士の資格をもつ規定である。それでひとまず東京地方裁判所に籍をおき、一日もつとめず、二ヵ月たったらさっさとやめて弁護士になり、山崎今朝弥《やまざきけさや》弁護士のもとで仕事をはじめた。

この年、一九二〇（大正九）年に山川均《やまかわひとし》、堺利彦《さかいとしひこ》らによって社会主義同盟が結成された。わたしは以前から山川らのところへいってって社会主義運動をやっていたので、弁護士になるまえにこの同盟にはいり、山川のしたで活動をはじめた。

弁護士時代

こんなわけで、弁護士とはいえ、わたしは普通の事件の弁護はほとんどしなかった。わたしのてがけたのは労働争議、借家同盟、社会運動家などの弁護ばかりだった。だからわたしは普通の法律になると、あらましの筋は知っているがそのこまかい手続きなどは知らない。弁護士というものはだいたいが法律技師だから、法律的知識のつかい方ばかり知っているものだが、わたしはこの法律技術を政治的に運用した。そしてこういう一種かたよった弁護士だったことが、後年の法廷闘争には大いに役立った。

わたしが弁護士としてさいしょにあつかった事件は、大正十年のメーデーのとき、警官に手向いしたというかどで、民俗研究家の橋浦泰雄《はしうらやすお》氏ほか十四、五人が公務執行妨害にとわれて検挙された事件である。

この公判には花井卓蔵《はないたくぞう》氏や山崎今朝弥氏など、名だかい弁護士連がずらりとならび、しんまいのわたしがこれにくわわった。わたしの弁論の番になって、相当しゃべったら、山崎今朝弥氏は、「あいつはおもしろいやつだ。はじめて弁護をするのにあんなにべらべらやる」と笑った。山崎氏などははじめて弁護をしたときに、ふるえたと語った。そういう点ではわたしは押しが強かった。

わたしが関係した事件で一ばんおもしろかったのは、北海道旭川《あさひかわ》の宮内省御料地《くないしょうごりょうち》の小作料にかんする事件だった。

だいたい宮内省の御料地は、直接の小作者のほかには貸さないきめになっており、地代はまたきわめて安い。大正十二年当時で一畝《せ》〔約九九平方メートル〕十銭、一反歩《たんぶ》〔約九九〇平方メートル〕一円くらいの約定であった。ところがこの旭川附近の大きな御料地は、浅草雷門《あさくさかみなりもん》で電気ブランの店をひらいていた神谷伝兵衛《かみやでんべえ》が一人でぜんぶを借りしめていた。神谷の目算は、ここにジャガイモを作らせ、ジャガイモからアルコールをとり、さらに電気ブランを作るにあった。そこでじっさいの耕作者は又小作人となり、この人々は神谷にたいし、一反歩十五、六円の普通の小作料をはらっていた。事件はこの又小作人の争議で、かれらはこうしたインチキをあらため、神谷を排してじかに貸すよう要求し、宮内省はこれに一ことも反対しえず、小作人がわが勝った。この勝利がきっかけとなって北海道全道に小作争議がおこり、宮内省につぐ最大の地主で十五万町歩をもつ〔旧徳島藩主家の経営する〕蜂須賀《はちすか》農場にも争議がおこった。

ところが、そののちわたしが監獄に入っているあいだに、この小作人たちはひどい目にあった。

宮内省がわはかれらにたいし、いっそ買ったらどうだと申しこみ、そこへ争議ブローカーが入って甘言を弄《ろう》し、ついに小作地を買う話がまとまった。これは宮内省としてはきわめてずるいやり方で、小作人たちはまったくばかをみる結果になった。というのは、小作人は安い小作料で小作している方がはるかに有利なのに、土地が自分のものになるという美名につられ、勧業銀行から多額の金を借りて土地を買い、争議ブローカーが六、七万円の報酬をとって逃げたのち、けっきょくその利子がはらえず経営に失敗し、勧銀の借金奴隷となったからである。これは宮内省が農民の土地をほしがる心理につけこみ、恩恵をあたえるような顔で高く売った例だが、これまで政府のおこなった自作農創設は、いつもこれとおなじことをねらっている。すなわち、土地にたいする農民の心理を利用し、自作農にしてやるといいながら、じつは金融資本の利益をはかっている。利益するのは農民でなく、勧銀や農工銀行で、これらの銀行は土地を非常に安く評価して金を貸し、農民がその借金をはらえなくなると――じじつ、はらえない場合がきわめて多い――安い評価でとりあげ、この土地を高く売ってもうけるのだ。勧銀も農工銀行も、こうした利益でふくれあがってきたのだし、それにからまりあって地主やブルジョア政党者流が腹をこやしてきたのだ。

日本共産党を組織

社会主義同盟はまもなく解散され、そのあとに共産主義者や社会主義者のグループがたくさんうまれた。水曜会、木曜会、暁民《ぎょうみん》会、新人会などである。

水曜会は山川均と荒畑寒村《あらはたかんそん》を中心に青年たちがあつまったもので、当時の会員のうちにいまも生存しているのは、山川、荒畑、井之口政雄《いのぐちまさお》、わたしなど、それから完全に没落した人間だが稲村隆一《いなむらりゅういち》、横田千元《よこたせんげん》もこれに入っていた。故人では西雅雄《にしまさお》、田所輝明《たどころてるあき》、上田《うえだ》茂樹《しげき》、高橋貞樹《たかはしさだき》、杉浦啓一《すぎうらけいいち》などだった。木曜会には堺利彦、中曾根《なかそね》［仲宗根］源和《げんわ》、暁民会には高津正道《たかつまさみち》、高瀬清《たかせきよし》、川崎悦行《かわさきえつこう》、近藤栄蔵《こんどうえいぞう》、高野実《たかのみのる》、新人会には志賀義雄《しがよしお》などがいた。このほかにアナキスト団体があって、大杉栄《おおすぎさかえ》、和田久太郎《わだきゅうたろう》などがいた。

一九二一年、ワシントン会議に対抗してモスクワに極東民族大会がひらかれ、わたしは水曜会を代表してこれに出席した。この大会に暁民会からは高瀬清、アナキスト団体からは吉田一《よしだはじめ》、和田軌一郎《わだきいちろう》、それに二名の出版印刷労働者が参加した。このほかアメリカから片山潜《かたやません》と、そのころ読売新聞の社員だった鈴木茂三郎《すずきもさぶろう》、そのほか多くの人がきてくわわった。この大会は日本人として、日露戦争のとき片山潜がアムステルダムの反戦大会に出席して、ロシア社会民主労働党のプレハーノフと握手して以来、ながらく中絶していた勤労者の国際的関係を復活した初の機会だった。大会には朝鮮、中国、蒙古、ジャワ、それに日本の各民族代表があつまった。この会合で、日本にも共産党をつくり統一的な活動をおこさねばならぬこと、共産主義者がサークルやグループを作ってまちまちに動いていてはだめなことが強調された。

かような洗礼を受けてわれわれが帰国したのち、一九二二（大正十一）年の七月五日に、日本共産党が誕生した。水曜会、木曜会、暁民会を中心に、そのほか共産主義者の小さなグループや個人があつまって組織することになった。すぐこれに総同盟内にいた同志野坂《のさか》［参三《さんぞう》］や山本懸蔵《やまもとけんぞう》、無産階級社を結成していた市川正一《いちかわしょういち》と義雄《よしお》の兄弟、佐野《さの》文《ふみ》夫《お》、青野季吉《あおのすえきち》、時計工組合の渡辺満三《わたなべまんぞう》、そのほか橋浦時雄《はしうらときお》［泰雄の弟］、吉川守圀《よしかわもりくに》、大阪からは花岡潔《はなおかきよし》、鍋山貞親《なべやまさだちか》、中村義明《なかむらよしあき》、京都からは辻井民之助《つじいたみのすけ》、国領伍一郎《こくりょうごいちろう》、谷口善太《たにぐちぜんた》郎《ろう》、半谷玉蔵《はんがいたまぞう》、水平社から岸野重春《きしのしげはる》、教授また学生からは志賀義雄、黒田寿男《くろだひさお》、浅沼稲次《あさぬまいねじ》郎《ろう》、荒井邦之介《あらいくにのすけ》、佐野学《さのまなぶ》、猪俣津南雄《いのまたつなお》、平林初之輔《ひらばやしはつのすけ》、黒田礼二《くろだれいじ》〔岡上守道《おかのえもりみち》〕などがくわわった。

第一回の大会は一九二二年七月十五日、東京渋谷《しぶや》のある家の二階でひらいた。このときはごく簡単な規約と、党の当面の仕事をきめた。ついで同年十一月、石神井《しゃくじい》のある料亭に会合して綱領の審議を行った。その結果、綱領の第一は天皇制の廃止、第二は枢密院《すうみついん》、貴族院、参謀本部の廃止、そのほか八時間労働制、大土地所有の没収、言論・出版・集会・結社の自由、常備軍の廃止などで、その中心的な問題は封建的な諸制度の一掃にあった。その時、天皇制廃止が大問題となり、佐野学がそれに反対した。このことは、当時かられが根本的に誤っていたことをはっきりしめしている。

第一回大会では中央委員として堺、山川、荒畑、高津、橋浦〔時雄〕、吉川、徳田の七人が選ばれ、堺が委員会の議長となった。そして党は堺と山川の家を中心とし、ほんとうに小さな活動をやっていた。こうして一九二二年のコミンテルン第四回大会には、非常に小さな日本共産党の参加が報告された。この時、この党は小さいながら、外国に多くみられたように社会民主党からかわったものでなく、はじめから共産主義者が団結して組織したもので、こつぶながら強い団結をもっていると、ジノヴィエフは言っている。

一九二二年の十二月には青年共産同盟が誕生した。当時これは共産主義青年同盟とよばれ、その創立委員には川合義虎《かわいよしとら》、高瀬清、佐野学、荒井邦之介、猪俣津南雄、徳田の六名があたり、川合が委員会の議長となった。

労働戦線統一と第二回党大会

ちょうど、わたしがモスクワからかえった直後、一九二二年の六月ごろ、日本でも全国の労働組合を統一すべしという運動がおこって、大阪の天王寺《てんのうじ》で、おもな労働組合のほとんどぜんぶが参加して大会をもった。この大会では総同盟がわの中央集権的に統一すべしという主張と、大杉栄一派のアナキストによってひきいられる自由連合の連合体でゆくべしとの主張とが衝突して、はげしい論争になり、ついに警察署長から解散を命ぜられ、せっかくの大会がめちゃくちゃになってしまった。そのころ共産党は総同盟がわの中央集権的労働組合の統一を支持し、フラクション［ある組織から他の組織の内部に送りこまれた支部のこと］をとおしてさかんにたたかったが、ついに成功しなかった。もっとも、当時の労働組合運動はまだ一つの工場ですら充分の組織をもっていないような情勢だったから、それを全国的に集中的なものにもってゆこうとしたところに無理があったし、共産党の指導方針が観念的におちいりすぎていた誤りがあったことは反省しなければならない。わたしはそのころ外部に出てはまずい立場にあったので、大阪の日本橋《にっぽんばし》の小さな旅館にとまって、同志とひそかに連絡していた。

第二回党大会は一九二三（大正十二）年市川市の一直園でひらかれた。そのときの議題は主として規約の改正と中央委員の改選で、中央委員会の議長には荒畑勝三〔寒村〕がなり、堺利彦、佐野学、小岩井《こいわい》浄《きよし》、橋浦時雄、吉川守圀などが中央委員にえらばれた。この大会でわたしや山川均、高津正道などは中央委員にならなかったが、その事情にはじつにおもしろいことがある。それは当時、共産党内で「議会闘争」を認めるかどうかがなかなかの大問題で、これをめぐってわたしと暁民会系の人々とのあいだに大論戦がかわされ、ついにけんか両成敗で、わたしも暁民会系の人々も一せいに中央委員からぬけることになった。つまり、当時、わたしは、けっきょくは議会闘争をなすべきであると主張して、一方には山川均一派の議会闘争否認論や佐野学の普通選挙反対論に反対するとともに、他方堺利彦一派の右翼的な社会民主主義的議会主義などにたいしても徹底的にこれを批判した。そのため暁民会系の人々は堺利彦を擁護して、わたしがモスクワで堺利彦を党から追放する陰謀をくわだてたという名目で、党内の問題としてとりあげ、わたしが日本共産党創立大会報告のため、上海《シャンハイ》へいっていたるすに、わたしが二年間役員になることを停止するという懲罰に附した。ところがまもなくわたしが帰朝して、その事情をきき、この党裁判に猛烈に反対したので、党はこの懲罰をとりけし、そのかわりわたしも暁民会系の人々も中央委員にならないということでけりがついた。もちろん、そのころ党は当局の弾圧下に非常にきびしい取締りをうけていたが、ドイツでもさかんに革命的情勢がすすんでいたし、ハンガリーでもイタリヤでも同様活潑に運動が行われていたので、わたしはこの世界情勢に応じてどんどん党勢の拡張につとめ、党員を獲得すべきであると主張した。しかし多くの人々は、当局の弾圧を考慮してわたしのこの主張にはあまり賛成しなかった。そのころは日本の情勢もそうとうすすんでいて、いま社会党にいる西尾末広《にしおすえひろ》さえ、一時党の影響下にあった労働組合運動に参加して活躍していたほどである。

早大の反軍教闘争

その年、即ち一九二三年五月にはいわゆる早稲田大学軍教事件がおこり、ついで六月四日には共産党の検挙が行われた。この事件は、早稲田大学の教授で青柳篤恒《あおやぎあつつね》という人がいたが、この教授が、当時世界的風潮だった軍備縮小のなかにあって、軍閥勢力を実質的に温存しようとつとめていた田中義一《たなかぎいち》その他の軍国主義者と結托して、のちの幹部候補生制度の前身である予備将校育成のための学校教育の利用にのりだし、大学の中に軍事教育のための組織を作らせて発会式までやった。これにたいし早稲田文化会や建設者同盟に属する進歩的学生からできていた早稲田文化同盟が共産党の指導の下に闘争をはじめた。この反対運動のまっさきに立ってたたかったのが渋沢栄一《しぶさわえいいち》の妾腹の子である伊藤寅之助《いとうとらのすけ》君だった。軍教団体の発会式にのぞんだ白川義則《しらかわよしのり》中将の目のまえで、これらの人々は軍事教育を学園にもちこむことに正面から反対し、早稲田大学学生大会をひらいて闘争しようとしたとき、二・二六事件で銃殺された北一輝《きたいっき》らに指導されていた早稲田の柔道部を中心とする暴力団、早稲田縦横倶楽部というのが、この大会でテロ行為をはたらき、そのため学園は流血の闘争の渦中に投げこまれた。そこで当局はまってましたとばかり、この騒ぎを利用し、つねに佐野学にちかづいていた渋谷という警視庁のスパイが佐野学の研究室から持ちだしたと称する文献や資料を基礎に弾圧を行ってきた。それはじつは早稲田の軍教事件にたいする報復で、学校の軍国主義化を達成しようとして、むりにおこした事件であった。この検挙を指揮したのが、前読売新聞社長〔事件当時は警視庁警務部長〕の正力松太郎《しょうりきまつたろう》で、最初につかまったのが堺利彦だった。この事件で、同志野坂参三、市川正一、杉浦啓一、西雅雄、渡辺政之輔《わたなべまさのすけ》、上田茂樹、田所輝明、それにわたしなども入獄した。ところが面白いことに、検挙の前々日すでにある筋から、それがわかったので、共産党は佐野学、高津正道、近藤栄蔵というような弱々しい指導者や、労働組合運動にぜひ必要な人物だった山本懸蔵や辻井民之助の諸氏をいそいで亡命させることにした。これらの人々は、はじめ中国へゆき、そののちソヴェートへ亡命したのである。

少年シンパ

わたしはそのころ、ある友人の家の二階にいた。そこへどうしてさがしだしたか私服警官がやってきたが、丁度その家の近所にわたしに非常になついていた十二、三くらいの子どもがいて、そっとわたしに「おじさんをつかまえに警察の人がきたよ」としらせてくれたので、すぐカバンに荷物を入れて用意していたところ、その友人のお母さんが「徳田球一という人はいない、しかし家のむすこと友だちだから、もしかするとむすこの女の家にでもいっているかも知れない」とがんばってくれた。もう五十以上にもなる女の人のいうことだから、スパイも信用したのかそのままでていってしまった。そこでわたしはうらからそっとにげだし、やっと虎口《ここう》を脱した。そのころわたしは組織運動のために京都と名古屋へゆかねばならない約束があったが、金がなくてどうしてもでかけられなかった。ちょうどこの金をつくるために、石川島造船所［現・ＩＨＩ］の高山という人のところへたずねていって話をしていたとき、高山の子どもの共産党ファンで一人は七つくらい、もう一人は十くらいの二人の子どもが、突然「おとっつぁん、きたぜ」といったので、また警官がおっかけてきたことがわかり、すぐに屋根づたいににげた。ちょうど三軒ばかりさきに知っている労働者の家があったから、一時間ばかりその家の押入れにかくれていて、もういいというので、高山がさきにたち、そのあとへついてゆくと、一丁［約一〇九メートル］ばかりさきにまだ警官が張っていることがわかった。そこであわててひきかえし、知りあいのところへいって、タクシーを呼んでもらい、それにのって、警官の前をスッととおりぬけてにげてしまった。その夜は友だちの家へとまって、翌日新橋から名古屋へとび、大阪まで足をのばし、用事をすましてふたたび、かえってきた。高山はわたしをみると、ぜひ福島の友人のところへにげるようにすすめたのだが、どうせ一年くらい監獄生活をするだけのことだから、にげてあるくより入った方がいいというので、弁護士山崎今朝弥氏と相談して検事局へ出頭することにした。そのときわたしのつかまった理由は、ある労働者の会合で、わたしが革命のおこったときの暴動組織について話したことが、暴動を煽動したというのであった。そこで「そんなことは煽動罪ではない」、「いや煽動罪だ」というので検事とのあいだに猛烈な議論をかわしたが、ついに市ケ谷の監獄へ入ることになった。晩めしもくわないでうすくらい監獄のへやへはいると、まもなく「めしをくえ」といって、ほとんど麦めしのところへ申しわけばかり野菜のついている、とてもこの世のくいものとはおもわれないような弁当をもってきた。わたしはこれをすっかりたべて、もう一ぱいくれといったら、看守が目だまをまわしておどろいていた。その翌日わたしはさっそく予審判事に呼ばれて出頭することになった。そのころは一般に獄外へ出るときは深編笠をかぶせて顔をみせない方式だったが、わたしは笠をかぶらせようとする看守にむかって、「おれは破廉恥罪ではないから、顔をみせてもいっこうにかまわない。目がみえないからそんなものはかぶらない」とどなってどんどんあるきだしたので、看守は「乱暴なやつだ」とつぶやいたまますこしも干渉しなかった。監獄ではさいしょの押しが大切だとおもっていたがまったくそのとおりで、入った瞬間にすっかり落胆し、「バタンと房のとびらをしめられたときは死のどん底におかれたような気がした」と述懐した三・一五事件の水野成夫《みずのしげお》のように、さいしょからめしもくえないようではかならず没落する。水野は監獄をでたいために、革命的確信をすっかりうしない、とうとう解党派になり、スパイにまでなりさがってしまった。

市ケ谷でむかえた大震災

市ケ谷で九月一日の大震災にあった。監獄は昼飯の時間がはやいので、あの日も、がらがらと大揺れがきたのは、ちょうどわれわれが昼めしをすませたときだった。

監房は一室ごとにふとい柱があってささえているから、あれほどの大揺れにもよくたえて、ほとんど心配するほどのこともなかったが、事務所の方は、ひろいうえに支柱がすくないので、非常に揺れかたがはげしく、屋根の瓦がぜんぶおちてしまい、たちまち大さわぎとなった。わたしの独房は事務室と隣りあいなので、そのさわぎが手にとるようにきこえる。ところが看守は命令がないからといって、独房の戸をあけようとしない。わたしはふんがい《憤慨》して、この危急のさいに命令を待つ必要があるかとどなった。そのうちに看守がやってきて、独房の鍵をはずしてくれた。わたしはとびだすなり、すぐに事務所へいってみたが、でているのはわれわれ共産党の連中だけで、ほかの囚人は、この大地震のさなかに依然として監房にとじこめられたままになっている。「みんなもだせ、あぶないからみんなもだしてやれ」と、またもやどなりつけた結果、ようやくみんなそとへだすことになり、看守が鍵をはずした。夏ぶとんとござを各自一枚ずつ持ち、みんな血相かえてとびだしてきた。

ところが戸外は、正午をちょっとまわったばかりで、ひざかりの太陽がかんかん照りつけている。みんなながいあいだ監房にとじこめられていたのが、急にそのひざかりのそとへでたものだから、こんどは日射病にやられてたおれるものがでてきた。わたしはそうでもなかったが、同志の渡辺政之輔と田代常二《たしろつねじ》とは、日射病のために全身がけいれんをおこし、みるまに顔いろがなくなった。役人にかけあって、日射病にやられた連中は監獄のなかの病舎にうつし、われわれは、総ぜい八百人で中庭にかたまった。監獄がわでは、われわれを監房から出すと同時に、いちはやく軍隊に通報したとみえて、まだ日のくれないうちに軍隊が出動してきて、監獄の塀のそとをとりかこみ、夕方には中庭にはいって、着剣ものものしくわれわれを包囲した。

その日の三時頃、わたしは中庭の八百人のなかまたちにむかって一つの演説をした。

「いま、そとの情勢は非常に混乱している。われわれの身うちのものも、大部分は地震なり火事なりでやられているにちがいない。そこで、こういう特別のばあいだから、われわれは監獄にたいして、われわれぜんぶをただちに釈放するように要求しようじゃないか。みんなのうちから代表をえらんで、すぐに役人に交渉しようじゃないか」

こう提言したところが、みんな賛成して、各監舎から一名のわりで即座《そくざ》に代表委員会ができあがった。これが「監獄自治会」のはじまりである。その後囚人たちの自治組織として、あの混乱のあいだじゅう、役人との交渉から食事にいたるまで、生活のすべてをりっぱに囚人自身の手で処理していった。いわば監獄のなかに民主主義を実現したわけだが、どろぼうや人ごろしのあつまりでありながら、この自治組織がりっぱに運営されたという事実は、いろいろな意味でげんざい《現在》も人をしてかんがえさせるものを持っているとおもう。

ともかく代表委員会ができたので、わたしも委員の一人として、ただちに役人のところへ「釈放要求」の交渉にいった。しかし、軍隊の応援をえてすっかり気が強くなった役人たちは、頑としてわれわれの要求をいれようとしない。そこで、代表委員会は一たんでなおして、こんどは、

「どうしても釈放をゆるさないというならしかたがないが、それでは、われわれの代表者を数人監獄からだして、そとのようすをくわしくみてきて一同に報告することをみとめろ」

と、あたらしい要求をだした。監獄はこれすらもみとめなかったが、われわれはがんばって、けっきょく監獄の役人がわれわれに報告することをみとめさした。ところが、このようなわれわれの活動におそれをなした監獄は、囚人のあいだに不穏の気がみえるというの

で、軍隊の威勢をかりて逆にわれわれに攻勢をいどみ、われわれはまたぞろ手錠をはめられる結果となった。手錠といっても、八百人に一つずつはめてまわるほどには準備がないので、わたしなどは一人で一つの手錠をはめられたが、のちには一つの手錠で二人をつなぎあわせるという乱暴さだった。一人は右手、もう一人は左手に手錠をはめられ、二人三脚のように幾組かの人たちがつながった。もっとも乱暴なのは、病監にいた同志渡辺政之輔、川崎悦行が手錠をはめられようとしていることだった。わたしはそれをみて、戒護主任に、もし病人に手錠をはめるなら断乎殺人意思あるものとして訴えるからと抗争した。それで、敵もやっとおもいとどまって、かれらを病監にかえした。

地震の日から二日目に雨がふった。この雨のおかげで、われわれはまた監房のなかに入れられてしまった。その翌日だったか、軍隊は扇形に列をなしてひろがっている監房群の中央の広場に集結した。そしてわれわれを一人一人ひっぱりだして、監房の入れかえをはじめた。すこしでも反抗がましいことをするものにたいしては、なぐる、ける、そのほか、ありとあらゆる暴行がくわえられた。例によって「天皇の名において、その命令によって」である。震災によって一時ゆるめられていた監房内の厳格な圧制をふたたびもとへもどそうとして、それに馴らすための予備行動なのである。杉浦啓一などは一週間もうなっていなければならぬほど打ちのめされた。

それからまもなく、血みどろになった一群の人たちが、いれかわりたちかわりトラックではこばれてきた。それはすべて「暴動の嫌疑」で逮捕された人々で、そのうちには共産主義者、無政府主義者をはじめ、朝鮮の人々や、労働組合、農民運動の闘士諸君などがいた。一月ばかりたって、監獄はふたたびもとの状態にかえった。するとあたらしい型の青年たちが数十人入ってきた。いわゆる囚人らしくないしろうと型であった。当時は震災で独居の運動場がこわれていたので、監房のまえの廊下が運動場になっていた。わたしは、かれらがわたしの監房のまえをとおるごとに、かれらと話をかわした。かれらは在郷軍人の兵士たちだった。入ってきた理由をきくと、震災のとき朝鮮人、中国人、共産主義者、無政府主義者などが方々でころされたが、その虐殺犯人のうたがいをかけられたのだという。かれらは在郷軍人だというので、将校どもから召集されてその虐殺集団にくわえられたが、しかしかれらは、将校の命令で街じゅうをおいまわされただけで、人を殺したことは全然ないという。ただ、鉄砲を持っていたというだけで、虐殺者の名をおわされてひっぱられたにすぎない。つまり罪はすっかり兵士たちにおしつけほんとうの犯人である将校や在郷軍人会の分会長などは、口をぬぐってきれいな顔をしているのだ。わたしはその連中に、「どんなことがあっても検事なんかにごまかされてはだめだよ」とはげまし、同時に自由法曹団にも連絡して、軍閥や警察のそういう憎むべき欺計《ぎけい》にたいして徹底的にたたかってもらった。もともと無実のことだから、大ていの人が無罪釈放になったが、いやしくも殺人という重大ないいがかりを、そんなにもむぞうさ《無雑作》につきつけられたあの人たちの悲憤は、まったく尋常一ようなものではなかったろうとおもう。

勉強室としての監獄

監獄はどうせろくなところではないが、一つよいことは、世間からへだてられているだけに学問に身がいることだ。とかくしゃばにいるといそがしい。酒ものむし、いろいろなことをかんがえるが、監獄ではそれがない。なにもかんがえることがないから、本を読むと、どんな本でも身にしみて読める。むろん監獄では、読みたい本が自由に読めるわけではない。むしろ、われわれがほんとうに読みたいとおもう本は、たいてい読ませてくれないのだが、しかし、本のねうちというものは一つにはそれを読むものの読みかたによるので、読みかたさえしっかりしていれば、どんな本でも、そこからかならずなにかを引きだすことができる。よいものはむろんためになるし、つまらないものも、つまらないなりにためになる。

市ケ谷にいるときにも、いろんな本を読んだ。たとえば渋沢栄一の自叙伝とか、安田善《やすだぜん》次郎《じろう》の自慢ばなしや教訓なども手あたりしだいに読んだ。これらの本のなかには、いかにして大きな利潤をあげるか、いかにしてもっとも巧妙に、かつもっとも徹底的に、労働者を搾取するか、という資本主義のからくりが、もっともらしいことばとことばのあいだに、じつによくあらわれている。そういう意味では、これはわれわれの党として「必読の書」といってもよいかもしれない。たとえば安田善次郎という男は非常に投機をきらい、配下のものが投機に手をそめるのを絶対にゆるさない。人間は一度投機で金もうけの味をおぼえると、これに目がくらんで、とかく足をふみあやまりがちだからというのだが、そのじつ、そう教訓をたれるかれ自身は、猛烈に投機をやり、しかもそのやりかたたるや大胆きわまるものであった。要するにかれの「投機ぎらい」というのは、かれの使用人が、投機に熱中して使用人としてのつとめをわすれてはこまるというところからきたもので、もとはといえば、かれ自身の金もうけのためのお説教にすぎない。お説教を読むことによって、それがよくわかる。

長老連の解党論と党の強化

震災のあとで出獄してみると、ドイツ革命の敗北をきっかけとして世界的反革命の波が押しよせてきた。この情勢を、レーニンは「一時的な均衡時代」とよび、ブハーリンは「安定期」とよんでいる。ある人々はこの時期を一九二九年すえのアメリカ大恐慌までつづいたといっているが、コミンテルンは、一九二七年からはじまった中国革命がこの時期をおわらせたといっている。ともかくわたしたちが出獄したのはこの世界資本主義の一時的な均衡時代で、革命的な勢力が世界のいたるところでおとろえ、腐敗させられているときだった。日本もまたその例外ではなかった。

堺や山川など党の長老や佐野文夫たちのなかに、大きな動揺がおこった。かれらは、日本では共産党の組織が不可能だといい、ひとまず党を解散しようと提唱し、また、革命はときがくれば自然におこるといういわゆる自然発生論をとなえた。じつは党内に弱い分子が多くおり、それらが国際的な革命のおとろえに失望し、またこんごひきつづいて検挙される可能性に恐怖心をいだき、この失望や恐怖心を合理化するために、かような意見をはいたのである。これにたいして党内の労働階級出身者と青年たちが反対し、党を改造してつづけようと主張した。幹部のなかでは荒畑寒村とわたしが、この反対論の先鋒になった。荒畑は当時まだ非常にりちぎで、生硬ながら党にたいする忠実性をもっていた。コミンテルンもこの解党をみとめず、一九二四（大正十三）年一月には解党論者とわれわれの双方が上海で会って、上海テーゼ（方針書）を決議した。ふつうこれを一月テーゼともいっている。解党論者の代表もこのテーゼに賛成したが、帰国すると再び解党論にもどって脱党した。長老たちも恐怖心を強めて説をあらためない。

そこでただちに党強化委員会をつくったが、委員のうちに積極的に活動する者がすくなかったので、わたしが組織の責任者となって強化工作を進めた。

荒畑と佐野学がこれに参加した。もっとも佐野は、それまで外国にいて、弾圧や弾圧後の国内情勢にうとく、ただコミンテルンの意向にしたがうというだけで、革命的な強い意思から参加したのではなかった。ともかくこうして党を強化することになり、やがて渡辺政之輔などが党の幹部にはいり、労働者出身の人々やわたしたちが結集した。わたしはあたらしい党の書記長と組織部長の任についてはたらいた。その年の九月*には、党の合法的機関紙として『無産者新聞』が発行された。

ところが、おなじ一九二四年のおわりに労農党の結成問題がおこり、ついで翌二五年の三月、評議会の分裂問題がおこった。党の方針は労働戦線の分裂にはなく、その統一をはかることにあった。労働組合は統一し、戦線統一でいくという意見であった。これよりさき、一九二四年の五月にはプロフィンテルンの責任者が上海にきて、佐野学、渡辺政之輔、それにわたしの三人が会いにゆき、ここで労働組合運動の統一を強調するテーゼを作った。ふつうこれを五月テーゼとよんでいる。そうしてこのテーゼをもってわたしたちは上海からいそいでかえってきたが、かえってみると、その十日ほどまえに、左派はたえきれなくなってすでに分裂していたので、この方針はまにあわなかった。

分裂のいきさつはこうである。総同盟のなかに反幹部派として、まず関東労働組合評議会ができた。それでも分裂をさけて、他のあらゆる組合に反幹部派をつくり、組合を統一しながら一部のダラ幹を清掃しようという方針だった。ところがボスどもはあらゆる方法で分裂を挑発してきた。革命的労働組合の幹部がボスどもの醜行に反対すると、ボスはこの幹部を除名し、幹部の所属組合がこの除名に反対するとこんどは組合を除名してくる。そして良心的な組合がどうしても分裂せざるをえないように追いこんできた。そこで良心的分子や組合も、こんな状態ならむしろ分裂した方が活動しやすく、有利だと結論するようになり、一九二五年の五月、全国的な組織として労働組合評議会がつくられた。当時ボスどもの策動はまったく目にあまるものがあった。分裂の問題は、さいしょまず関東におこり、ついで関西におこったが、関西でもボスのあまりな無道ぶりをみて、中間派の人々さえ左派とむすんだ。すなわち関西では、大阪総同盟が議長野田律太《のだりつた》の司会で分裂問題をめぐって支部大会をひらいたが、ボスたちは西尾末広の指導のもとに、その席上で左派を分裂させるため、めちゃくちゃなことをやった。議長の野田もついに憤激し、「こんなやつらといっしょにはやれぬ」といい、左翼と手をにぎったため、ボスどもの予想以上に多数が左派へきた。問題の根本はこのボスどもの挑発にあった。だから、かれらはいまもって、なにかといえばわれわれを左翼小児病の分裂主義者とそしるが、それはぜんぜんあたっていない。分裂主義者はかれらである。

しかし、この評議会の分裂はやはりわれわれの失敗であった。かれらの挑発にのらず、どこまでも総同盟内に革命的反対派としてとどまる戦術をじゅうぶんに運動しえなかった点に失敗があった。

この労働組合運動の分裂に影響されて、無産政党運動がまた労農党、労農大衆党、社会民衆党の三つにわかれた。農民組合も左右に分裂した。そして右翼は官憲、資本家とむすんで左翼をおさえ、労農組合を右翼化する方向にすすんだ。われわれは『無産者新聞』を武器としてこの分裂化に反対してたたかい、労働組合の統一をはかり、そのために労働組合会議をもうけてかなりの成果もあげえたが、しかし当初の分裂はついに克服しえなかった。評議会の分裂はわれわれにとってにがい経験であり、われわれにきびしい自己批判をしいた。そしてこんにちの組合運動にたいしても、このにがい経験は大きな教訓をあたえている。

当時われわれの弱点は、マルクス・レーニン主義の理論により武装化されることがすくなかったという点にあった。評議会の分裂も、その一つの原因は、この理論的な弱点による誤謬《ごびゅう》にあった。かくて組合では山川イズムが横行し、他方党全体に福本イズムの横行する基礎があった。げんざいでは理論的にもじゅうぶんな実力をそなえているが、それでもわれわれは当時の経験をくんで革命的理論をきたえることにつとめねばならない。

さてこの年（一九二五年）の夏、わたしは第六回プレナム（拡大中央委員会）に出席するため、コミンテルンにおもむき、翌二六（大正十五）年五月に帰国した。そして七月のはじめに第一次共産党事件の刑を受けるため入獄した。禁錮十ヵ月、未決通算四ヵ月で、ちょうど六ヵ月入っていた。

このあいだに党は、一九二六年の十二月に五色温泉で第三回党大会をひらき、党を拡大強化した。しかし党の方針は、福本イズムにわざわいされ、職業的革命家だけの党組織をつくろうとしたので、その組織と運動にゆきづまりがきた。コミンテルンはこの方針に反対し、党の大衆化をすすめ、福本イズムにたいする批判を要求した。そこで福本イズムを根本的に批判するために、一九二七年のプレナムには党の責任者がみな出席することになった。ここで二七年テーゼが決定され、福本イズムにたいする徹底的な批判がおこなわれて、劃期的な党の拡大強化がはじまった。当時の書記長は佐野学だったが、組織部長は渡辺政之輔で、実際の党指導は渡辺が担当した。このテーゼの実行も渡辺により推進され、これにより渡辺は党にたいし非常に大きな功績をあげている。わたしも一九二七年の三月に日本を出発してこのプレナムに出席し、その年の十二月に帰国した。

*これは徳田の記憶ちがいか。『無産者新聞』の創刊は、翌一九二五年の九月。

三・一五に捕わる

ほどなく書記長の佐野がモスクワにおもむいたので、一九二八（昭和三）年の第一回普選には渡辺が書記長となってのぞんだ。総選挙をつうじて党は大衆の面前にあらわれ、党の大衆化活動をはじめた。これは支配階級に旋風的な強い衝撃をあたえ、かれらはまもなく三・一五の大検挙をもって党に反撃した。この検挙により六千人が検挙され、そのうち二千五百人が入獄し、そののちしだいに淘汰されて、じっさいには七、八百人が処刑された。

わたしはこの総選挙に、小倉《こくら》市〔現・北九州市の一部〕を中心とする福岡県第三区から立候補した。そして非常な惨敗を喫した。選挙の結果がわかったのは、二月の二十三日だった。わたしは逮捕の予感があって、それから東京へ抜け道をすることをかんがえていたが、まわりの人々が大丈夫だといいはるのについゆずって、門司をとおり下関《しものせき》から帰路につこうとした。ところが、敵はわたしのにげ足の早いのを警戒して三月十五日よりもまえにはやくも手をまわしていた。わたしは二月の二十六日に門司の駅まえの床屋で髪をかり、それまでたくわえていたひげをおとしたりして大いに扮装をこらし、店をでようとするところをつかまった。そのまま東京へ護送され、二十八日に高輪《たかなわ》署の留置場へほうりこまれた。途中は厳重な警戒で、車中は三人の刑事がつきそい、横浜で下車して、それから京浜電車［現・京浜急行電鉄］で品川へむかった。東京もちかいので、そうそうにげようとおもったが、品川へつくと三十人ほどの刑事や巡査がわたしをとりまき、どうしてもにげるすきがなく、そのまま高輪署へおくられた。高輪署で訊問がはじまった。わたしが不当検束だとガンガンやったので、むこうはかなりタジタジになり、そのすきにわたしは身につけていた証拠物を刑事のまえでなにげなくみな焼いてしまった。刑事はなにも知らなかった。それから自動車にのせられ、馬場先門《ばばさきもん》のきたないバラックだての警視庁へおくられた。まだ手錠もなにもはめてなかった。この車が田村町《たむらちょう》［現・西新橋］の交叉点にかかったとき、わたしは脱走をこころみた。この交叉点から右へおれてゆくと『無産者新聞』の事務所があり、新橋の方へゆくと東交［東京交通労働組合］の事務所があった。どちらかの事務所へにげこめば、なかまがいるので、好都合だ。こうかんがえてわたしは、自動車が交叉点にさしかかってとまるそのおりをつかんでパッととびでようときめた。車がとまった。わたしはなかばとびおりたが、刑事の三名がすばやくわたしの首をつかまえてひきもどした。それからは警視庁まで、かれらはわたしをぐっとおさえたきりはなさない。これで失敗し、その夜はもうどうにもならなかった。あとできくと、鍋山などがつかまったときには、捕縄《ほじょう》でがんじがらめにしばられ、身うごきできぬようにして自動車になげこまれたという。監獄へいってからわたしが失敗談をやったら「なんだ、君はわるいやつだ。おかげでおれたちはしばられたんだ」といわれた。わたしがさいしょに脱走をこころみたので、あとは警戒が非常に厳重になり、ほかの人たちに迷惑をかけたかっこうになった。

警視庁には一ヵ月ほどおかれた。爪と肉のあいだに針をさしたり、いろいろごうもん《拷問》をくわえてきたが、こちらはつかまれば死ぬ覚悟だから、断じていわなかった。すると敵がわは、スリのちょっと気のきいたやつをわたしの監房に入れた。わたしたちは独房におくのだが、スリを一しょに入れて、これをとおしてなにかと聞きだそうというわけだ。この男はやがて私に話をしかけ、深川で運動をしていたとか、浅沼稲次郎を知っているとか、いいはじめた。敵はわたしがこの男に、外部との連絡を托しはせぬかと期待したらしい。そうすれば、その連絡の糸をたぐって、いろいろ証拠をつかまえようという目算である。けれども敵のこのくわだては失敗した。わたしはかれにそととの連絡をたのまぬばかりか、いろいろ話をきき追及するうちに、かれがスリの常習犯で敵がわからいいふくめられてわたしの房にきたことを、かれ自身の口から自白させた。かれはさいごにはどうもすみませんとあやまってしまった。するとこんどは当時組合運動をやっていてつかまったわたしのいとこの徳田健次というものを、わたしの房にほうりこんだ。敵のかんがえはまえのときとおなじである。わたしはまえの経験があるから、連絡じみたことは一さいいわず、ほかの話ばかりしていた。とうとう敵はあきらめて、かれをほかの房にかえ、ふたたびわたしにごうもんをくわえてきた。

わたしはあいかわらず口をひらかない。そこで敵は三月二十八日証拠がないので容疑者としてわたしを市ケ谷刑務所にうつした。いくら調べても証拠がでない。かつまた敵は、渡辺や福本が党活動の中心にいてわたしは傍系だとおもい、追及しなくなった。そしてわたしが福岡から選挙にでたので、福岡にわたしをおくれば証拠があがるとおもい、十日ほどして、こんどは福岡土手町〔当時、福岡刑務所の拘置支所があった地〕の未決監にうつした。ここには福岡でのなかまがみな入っていた。しかし、ここでもわたしの証拠はあがらない。そのうえ福岡のなかまをさかんに激励するので、敵はあぶはちとらずになり、一ヵ月ほどでふたたびわたしを東京にかえし、豊多摩《とよたま》刑務所へ入れた。

豊多摩でさいしょに会ったのが志賀〔義雄〕君だった。かれは監舎の中央に、わたしはそのすみの房にいた。運動時間中にいろいろ話をして、はじめて三・一五の検挙の範囲を知った。

豊多摩で一ばん印象的だったのは、水野成夫が監獄にきて、すっかりあおざめ、めしもくわず、かれの房のまえにいつもおかゆがおかれている光景だった。わたしは直感的に、これは危険な人物だとわかった。監獄に入るそのときに、失望し、しおれかえる男はかならず危険である。こういう男はかならず監獄のなかでうらぎりをする。水野は一週間ほとんどものをくわず、泣きっつらをしていた。はたしてかれはのちに党をうらぎった。かれはその調書に、「刑務所に入り監房の戸にガチャリと錠がおろされるのを聞いたとき、地獄の底へおりたような気がした。母をおもい父をおもって泣いた」といっている。そのちかれは敵がわのスパイとなり、共産党をぶちこわすためにあらゆる努力をはらうと裁判所に誓約書を出した。かれが転向したさいしょの人間で、それから転向者がだんだんひろがり、かれを中心としてさいしょの解党派がつくられた。

佐野学らの裏切り

翌年（一九二九年）には四・一六の検挙がおこなわれ、そのあとで佐野学が上海でつかまり、そのほかおもだった同志もつかまった。

わたしは依然として敵に陳述しなかった。係りの検事も、第一次共産党事件でわたしががんばったため、こんども徳田にはなにをきいてもだめだとあきらめ、ぜんぜん調べないでわたしを予審判事にひきついだ。こんどはこの予審判事がきくが、わたしは依然としていわない。いえというのは君らの職権だろうが、おれにはいわない権利があるといって頭からつっぱねるので、なに一つでてこない。ところが、一九三〇（昭和五）年佐野［学］、鍋山［貞親］、三田村《みたむら》［四郎《しろう》］、高橋［貞樹］らの調書をみせられて、わたしは内心おどろいた。

この記録たるや、あいてをなんとかごまかして、すこしでも早く出ようとかんがえ、そのうちにすっかり敵の策謀にのって、早く出るために党の機密もなにもなく、おもいおもいにかってなことをしゃべっている。佐野や鍋山などは党の責任者でありながら「自分は党員ではない」とか「党員ではあるがほんのちょっとかかわりあっただけだ」とかいっている。三田村はまた自分を大きくみせるとともに早く出たい気もちから、大ぼらをふき、「党はぜんぜん弱体でなにもできない」とか、「自分は党などぜんぜん問題にせず、日本の労働者農民を自分の手で大いに啓発するため党を利用した」とかいい、党を非難するために党内の事件をかぞえあげている。

こうして調書は敵に都合のよいようにつくられ、党の姿はすっかり混乱し、ゆがめられてしまった。われわれは、これにたいしてどうしてもたたかわねばならぬはめになった。党のただしい姿を、人民のためにたたかったじっさいの姿を、党外の大衆にもうったえ党内の同志にもつたえるために、いやおうなく陳述せねばならなくなった。わたしは志賀君たちと相談した。そして、われわれはいつ監獄のなかで死ぬかもしれぬ、そのために党の姿をあきらかにしておかなければならないということにきまった。それからわれわれは予審の陳述をはじめた。

しかしここに、党としてはきずつけられたいたみを感ずるし、またわれわれとしても、誤謬をおかす一つのきっかけがうまれた。本来われわれは、公判ではただ党の政策のみをいえばよいので、組織やそのほかのことを敵にたいし述べる必要はなく、また述べるべきではなかったのだ。それを、佐野たちのおしゃべりのために、またわれわれとしても党の姿をただしくあらわそうとして、公判ではこの述べるべきでない組織やそのほかのことまで陳述せざるをえなくなった。また私や志賀君が陳述しはじめたので、佐野や鍋山や三田村はこれを悪用し、他の同志にたいして「徳田君や志賀君も陳述しはじめた。きみもだまっていたってしかたがない。陳述したまえ」とすすめた。こうしてあとから入ってきた同志たちに、わたしたちはわるい影響をあたえた。わたしはかれらのあやまりとうらぎりに対抗するために、ついわたし自身もあやまりをおかしてしまった。わたしはこのあやまりをいまもってくいている。

こうして佐野たちは予審から公判にかけて、かれらが弱い人間で、かつ政治能力もないことをあきらかにした。そしてそのあとから、みなうらぎっている。かれらは出たい出たいの一心から、党よりも自己を中心にものをかんがえた。それが根本的なあやまりだった。だから敵は個人的利益を提供し、佐野も鍋山も、三田村も高橋も、すっかりこの手にのり、党をゆがめ、党をほろぼす道具につかわれてしまった。

敵の手に捕われたら、敵ののぞむような陳述をしないことだ。刑事や検事がどんなことをいおうとも、この敵の攻撃をふせぐ方法がある。一つある。法律に「わたしはいわない権利がある」という条文がある。それで、都合がわるいとおもったら「わたしにはいわない権利があるから、いわない」とつっぱねる。共同被告があるときも、ないときも、有利なことはいってよい。しかし不利なことは一切いわない。だから敵が、ああだろう、こうだろうといっても、「きみがそうおもうなら、きみのかってで調書を書くがよい。わたしには答えない権利がある」というのだ。当初私のとったこの態度こそ正しいものだった。佐野や三田村たちは、敵の手にのってベラベラしゃべったよい例である。だから党員たるものは、監獄に入ったら絶対に敵ののぞむところをしゃべってはならない。

公判闘争

ともあれ、こうした経過でわれわれは公判闘争を計画した。われわれの同志はぜんぶで二百七十名にのぼるから、この被告を一人一人調べていては、何年裁判にかかるかわからない。そこで分離裁判をのぞむ反動官僚も、よぎなく統一公判に賛成せざるをえない事情にある。そこをわれわれはつかんだ。われわれは統一裁判を要求し、組織的に公判闘争をおこない、党の姿をただしくつたえようとした。われわれの要求はとおり、一九三一（昭和六）年七月から、第一次の公判が宮城《みやぎ》実《みのる》判事を裁判長とし、平田《ひらた》［勲《いさお》］、戸沢《とざわ》［重雄《しげお》］の両検事立会いでひらかれた。これが翌年の七月まで、まる一年間つづいた。

公判闘争における党の一ばんおもな目的は、全被告を統一して党の姿をはっきりしめすことにある。そしてこのために、われわれのうちから法廷委員会をえらんでもうけ、委員会の委員が党の全体的説明を述べ、そのほかのものは主として自己の関係する部分的な範囲で述べるという手順をたてた。敵もこれを承諾した。法廷委員会は市川、佐野、鍋山、杉浦、国領、志賀、高橋、中尾《なかお》［勝男《かつお》］、三田村、それにわたしと、合計十名で組織した。そして法廷委員会はしょっちゅうあつまって、どういうふうに党の姿をあきらかにし党の政策を統一的に述べるかについて協議した。この委員会はわれわれにとり非常に有利だった。獄内において党の研究とその強化にたいする勉強ができた。公判がつづいた一年間、一同が陳述をおえるまで、いつも法廷に法廷委員が出席した。そして公判の準備にもその遂行にも、また予審の準備にも、監獄の内外で被告一同が連絡をとらねばならなくなり、裁判所もこれをみとめざるをえなくなった。そこで、獄内の人を釈放するために必要な条件をあつめることもできた。だから、転向しない同志でも、かるい人はどんどん保釈でそとに出たし、また転向してすでにそとにいたものも法廷委員会の指導のもとで公判闘争をおこなうために、階級的良心を刺戟されるなど、党の強化に非常に役立った。ことに当時はうちつづく弾圧と、ふるい同志がとらわれたために、党の闘争が非常に困難になっていた時期だったので、この公判闘争の党強化にたいする寄与は大きなものがあった。

また、佐野たちがこのように党にたいしてあやまった態度をとったのに、わたしたちはかれらを手きびしく責めなかった。というのは佐野、鍋山、三田村、高橋たちを責めたてれば、獄内で党は完全に三つにも四つにも分裂したにちがいないからだ。いくらわるいやつであろうと、げんにかれらが党の責任者にきめられている以上、全党員をまとめるために、また党のぜんたいの姿を大衆にしめすために、かれらを説得し、そのわるいところをみとめさせ、そうすることによってかれらを正当な道に立ちかえらせることがただしいとおもう。また共産党の不文律として、党内のくるしい時期にあやまりをおかすものにたいしては、責めはするが、同時に寛大な態度で、自己批判をさせて正道にみちびくようにしてゆかねばならない。もちろん決定的に党をうらぎったばあいには、これを除名しなければならないが、それまでは自己批判により党の方針にしたがわせ、これにしたがう以上は党内にとどめてじゅうぶんに活動させねばならない。こうした理由で、佐野たちが非常なあやまりをおかしたにもかかわらず、われわれは佐野を党の代表として立て、法廷委員会もかれを中心としてたたかった。わたしはこれをいまでもただしいやりかただったとおもう。ただあの当時、われわれはかれにもっと強く自己批判をさせ、同時に将来にたいする監視をもっとじゅうぶんにすべきだった。われわれはこの点でじゅうぶんでなかった。かれの自己批判も、かれにたいする監視もふじゅうぶんで、かれを徹底的に批判して党内にそのじっさいを周知させることができなかったのは、われわれの大きなあやまりであった。党内でも大多数はこの実情を知らず、幹部だけで問題を処理したために、大多数の党員のかれらにたいする信頼は無条件のままつづき、のちに党にたいして大きなさまたげをすることになった。

それはともかく、この公判が勤労大衆の関心をよんだことは非常なものだった。公判にはおびただしい大衆がつめかけてきて傍聴席にいっぱいとなった。裁判所は、傍聴者があまり多いので入場券を出すようになったが、この入場券を手にいれるために裁判所の前に行列ができた。それも、当日の朝きたのではもう数に制限のある入場券がもらえないので、まえの晩からとまりこむというふうだった。共産党がどういうものかを知ることは、全労働者、全学生、進歩的分子のやみがたい欲求だった。その欲求がこのたくさんの傍聴者となってあらわれた。傍聴者にはいま一つほかの分子があった。それは反動分子や官僚である。かれらも共産党の存在を無視することができず、また共産党は一体どんなことをするかという好奇心にかられて、多数の傍聴希望者があったらしい。しかしかれらは一般傍聴者とともに前夜から列をつくるようなことはしない。普通の公判だとこれらの分子が、わけてもそれが司法官のばあいは、判事のうしろに席をもうけて傍聴するならわしだった。しかし、このときはわれわれが「判事のうしろの高い席にすわって、われわれを見おろすなどとはもってのほかだ」と反対し、裁判所側もわれわれの主張に賛成して、われわれの後方に席をもうけ、特別傍聴券をかれらにあたえて一般傍聴者とならんですわらした。こうして各省の高級官吏から貴衆両院議員、そのほかあらゆる人間がここへやってきた。新渡戸稲造《にとべいなぞう》のような人まで、ここへきて聞いていた。

公判第一日の光景は、非常に感動的なもので、わたしはいまだにそれをわすれない。ながいあいだわれわれ同志ははなればなれに拘禁されていたが、それがいきなりここで会ったのだ。からだがおとろえてすっかり見ちがえるものもできている。一別以来ひさしぶりにあえたので、うれしいやら、はげしいかわりようにおどろくやら、たがいにはげましあい、涙をながすものもあった。

それからいよいよ陳述に入った。陳述は、はじめに法廷や法律になれているものが立つ予定だったが、佐野学がさいしょに立ったためだいぶだれてしまった。敵には大きなすきがあったのに、佐野はそれをつかなかった。じっさい当初の起訴状は起訴状のていをなしていなかった。というのは共産党にたいする定義が、検事、判事みなそれぞれにちがっていたからである。平田検事は、起訴理由を「予審終結決定どおり」とのべたが、その予審決定がぜんぶまちまちなのだ。そこで佐野のあとからわたしは「一体君たちの起訴事実はちがうではないか。党にたいする定義が全被告それぞれにちがう。それでは起訴事実の定義にはならない。だから、これでは公判をひらくわけにゆかない。やりなおせ。一たいどうする」とつっこんだ。検事がわはすっかりこまってしまった。そこをさらにおせばよかった。しかるに佐野らはこれをはばんだのだ。つぎに共産党と私有財産制との関係をあきらかにする問題だった。敵がわは、共産党は私有財産を否認するというデマをまいていた。わたしはげんざいもいっていることだが、共産主義者は私有財産を否認しないし、また否認できるものでもない。否認したとて、あるものがなくなりはしないのだ。

わたしはそれまでもそうかんがえ、また書きもした。そして法廷でも、わたしはこのことを主張し敵がわのデマをついた。そうしたら裁判所がわは、治安維持法の「私有財産ヲ否認シ云々」の項に共産党が該当しなくなるので返事に窮した。さらに、私は「治維法はでたらめだ、共産党に私有財産否定の事実はない」とつっこんだので、先方はすっかり弱った。すると三田村が、またしても横から口をだしてかれらを救済した。「われわれは私有財産を否認するものだ。資本主義は私有財産制である。われわれは資本主義を否認するがゆえに私有財産を否認する」といった。資本主義と私有財産とはあきらかに内容をことにする。資本主義こそかえって勤労大衆を窮乏におとしこみ、大衆の私有財産をすくなくするものだ。私有財産すなわち資本主義ではけっしてない。それを三田村は詭弁《きべん》を弄し、われわれの立場をあやまり伝え、天皇制裁判を救った。とにかく法廷委員のなかで、われわれの正統派の方が少数だったから、たたかいにくくってこまった。そしてかような一種の内通から、のちにかれらの転向と、党にたいする公然たるうらぎりと妨害が生れていった。

上村進《かみむらすすむ》、神道寛次《じんどうかんじ》、細迫兼光《ほそさこかねみつ》、布施辰治《ふせたつじ》そのほか三十名ばかりの諸君が労農弁護士団を組織してわれわれの弁護にあたってくれた。しかし、裁判所側はこの弁護士団にたいして非常にざんぎゃくだった。弁護士が正当に弁護しているのに、それが被告に有利だとみるや判事はすぐにくってかかる。検事がこれに呼応する。そして弁護士権をうばうぞと言外ににおわしておどかす。裁判長も「ちょっと弁護人に釈明をねがいますがね」とか「いま弁護人のいったことは責任をおうか」とか「その弁護人のいいぶんは治安維持法にかかる内容とおなじではないか」とかいっておどかす。とりわけ官憲、資本家のあくらつさを悪辣《あくらつ》ばくろし、またごうもんの内容を述べて、証拠として提出されたものがじつはごうもんに暴露《ばくろ》よってでっちあげられたもので、ほんとうの証拠にはならないことを指摘すると、ますますつっかかってくる。だから弁護士は、弁護士権をはぎとられる覚悟で勇敢に述べなければ弁護ができない。そこでわれわれ被告が弁護士をかばってやらなければならない。被告が立ちあがり「一たいそういう事実にたいして弁護士の口をふさぐだけの権限がきみらにあるのか。あるならよろしい。もし裁判長が、この正当な事実の陳述をむりにおさえようというなら、裁判長はあきらかに被告の利益を毀損しているのだから、われわれもそのつもりでやるがどうだ」とつめよると、かれらはひっこんでしまう。裁判長があきらかに被告に不利なようにうごけば、被告にもその裁判長を忌避し、ばあいによっては告訴する権利があるから、われわれの方でこの権利をもちだして弁護士をかばう。こうして、被告の方が弁護士を弁護しなければならぬ始末だった。

公判闘争のはじまるころから、外では満洲事変が開始され、軍部の権力が強まり、反動的な空気がいちじるしく強くなってきたが、この情勢は法廷にも反映し、敵がわは法廷のなかで暴力をふるうようになった。あるときは裁判長が、法廷における警察権行使の限度をこえ、壇上におどりあがって、看守がわれわれを手錠などでなぐるのを指揮するという狂態まで演じた。わたしが弁護士と話していると、剣道三段とか四段とかいう看守がわたしのえりをひきずりあげ、それをわたしも蹴とばしたことがあった。

第一審の公判のあと、一九三三年一月にはドイツのナチス反動が勝利をしめ、反動的情勢はいよいよこくなってきた。外部での共産党にたいする攻撃と呼応して、獄中でも共産主義者にたいする抑圧が強化された。佐野、鍋山、三田村、高橋らはこのとき完全に敵に屈服し、党にたいする破壊工作をはじめた。一九三三年六月九日に、ついにかれらは天皇制を肯定する転向声明を発表したのである。

一九三四（昭和九）年になって第二回の公判がはじまった。第一審では統一裁判をたたかったが、こんどはわれわれ非転向組と、佐野らの転向派との分離裁判となった。われわれの方は、市川、国領、志賀、徳田の四人でたたかった。このときはもう弁護人はついたが弁護はしなかった。階級的弁護士は圧迫されてわれわれを弁護しえないし、単なるブルジョア弁護士では単にとりつぎしかできなかったので、われわれの方から弁護はことわった。一方党をうらぎった転向派は佐野、鍋山、三田村、高橋、杉浦たちが共同で第二審を開始した。

この二つの法廷はきわだった対照をしめした。われわれの方は、こんどは佐野たちのようによこあいからじゃまをするものがいなくなったので、判事の調書の矛盾をつき、思うままに自由に陳述することができた。一方佐野たちは法廷で、天皇主義をさかんにほめたたえ、裁判をつうじて外部に向って反動的な空気をあおった。このような公判闘争の後結局十月十七日に判決はくだった。懲役十年、未決通算四十日である。われわれはそれまでにすでに六年間の未決生活を送っていたが、未決の通算でも、敵はできるかぎりのしみったれぶりを発揮した。

網走——氷のこんぺいとう

その年の十二月も暮れ近くなってからわれわれはにわかに北海道へおくられることになった。志賀君だけは函館刑務所、われわれ——市川君と国領君とわたしとは網走《あばしり》刑務所ということにきまった。護送自動車で上野駅までもってゆかれ、上野から汽車にのせられて、網走へついたのは、年の瀬もおしせまった十二月の二十七日だった。北海道は、見わたすかぎり一面の雪にうずまっていた。

監獄では、みんなちょうど散髪をやっているところだった。わたしの監房のすぐそばに板じきの広場があって、そこでがやがやいいながらやっている。その声で、国領君のいることがすぐにわかった。かれは、わたしより一足さきの、四、五日まえについていたのだ。

網走は、なにぶんにもあの寒さだから、監獄のようすも、よそにくらべるとだいぶかわっている。屋根はぐっとひくいし、外気にふれるところはすっかりめばりがしてある。なかでも愉快なのは、煖房をとおす関係から、監房と監房とをしきる壁に桟が切りぬいてあることだ。この桟があるおかげで、監房のなかで大声でひとりごとをいうと、それがそこらじゅうの監房にきこえる。ちょっとどなれば、ゆうに二、三十間さきまでひびきわたる。だから、このことをときどき利用すれば、こちらが勇敢でさえあれば、必要に応じて同志との連絡も簡単にできる——というわけで、そのへんははなはだつごうがよかった。

食糧も、監獄としては割にゆたかだった。監獄の領地のなかに、水田が十三町歩、畠をあわせると四百五、六十町歩もの耕地があって、米はいくらもとれないが、カボチャやジャガイモがいやというほどできる。ほかに相当ひろい山林があって、たきものにもあまり不自由しない。だから、もし寒くさえなければ、網走の監獄は、監獄としては割にくらしよいといえる。

ただ、寒かった。骨のずいにしみとおるあの言語に絶する寒さは、六年間の網走生活の記憶を、いまもなおつめたく凍りつかせている――。

真冬には、零下三十度にさがることもめずらしくなかった。そんなときには、煖房のはいった監房のなかでも零下八度とか九度とかをしめす。はいた息が壁にあたると、見るまに凍りついて、無数のこんぺいとうができる。こんぺいとうは壁にだけできるとはかぎらない。うっかりすると、眉毛のさきや鼻のあたまにもできる。しょっちゅう気をつけて鼻をもんでいないと、やけどのようにどろどろになって腐ってしまう。

夜は、例の赤いつんつるてんの作業衣をねまきに着かえて寝るのだが、着かえるまえには、かならず氷を割って、全身に冷水摩擦をしなければならない。これをおこたって、零下何度の寒さでかちかちに冷えきったねまきを、そのままの肌に着ようものなら、たちまちかぜをひいて肺炎をおこす。寝るときには、かならずふとんのなかに、頭ごとすっぽりもぐりこまねばならない。監獄では、自殺のおそれがあるというので、ふとんにもぐって寝ることは禁ぜられているが、そんな規則などにかまってはいられない。もしふとんから顔をだして寝たりしようものなら、寝ているうちに、自分のはく息で、口のまわりがすっかり凍傷にやられてしまう。内地からはじめて入ってきた連中は、役人が強制するままに、たいていはじめのうちは顔をだして寝ようとするので、すぐこれにやられてしまう。ところで、ふとんにもぐって寝ていると、はく息はどこかのすきまからそとへ洩れて出てゆくわけだが、こんどはその出口のところで、ふとんそのものが凍りついてしまうのだ。網走の監獄には、そのために特に「特別ふとん乾燥場」なるものがあって、月二回位そこで蒸気をたいてふとんをほす。ふとんほしをおこたると、氷の上に氷がはりついて、ついには一寸もの厚さになることもある。

とにかく、猛烈な寒さだった。わたしは、網走へいった翌々年、忘れもしないそれは二月十一日紀元節の朝だったが、目がさめて起きようとしても、どうしても起きられない。全身に神経痛がおこって、ぎりぎりと錐をもみこまれるようで、足も腰も立たない。室のなかのすぐそこにおいてある便器のところまでもゆけないのだ。人にたすけてもらってやっと用をすませ、かつがれて病室へいって、手と足と腰に注射し、それから一週間ほど、まったくうごけないで寝ていた。一週間たって、やっとどうやら起きられるようになったが、このとき以来、神経痛はわたしの持病の一つになった。

紀元節の朝から一年半ほどのうちに、こんどは右の手くびがうごかなくなった。肩のつけねからゆびさきまで、じーんとしびれたきりで、右手ぜんたいが自由にならない。一年ほどこの状態がつづいて、そのあいだは仕事もやすんだ。右手の不自由は、そのまま今にいたるも完全になおらないで、網走生活の記念になっている。

監獄領地の農業

網走の監獄は、網走の町を出はずれたところの山のなかにあるが、北海道の監獄らしく、規模はすこぶる広大で、端から端までは六里ぐらいあるという。役人は見まわりのときには、乗馬服を着て、馬でまわる。本監のほかに支所が二つあって、わたしのいたころは、本監で八百人ばかり、第一支所に二百五、六十人、ずっとはなれた第二支所に六十人ぐらい、あわせてほぼ一千二百人内外の囚人が収容されていた。

このだだっぴろい敷地のなかに、囚人を働かせるいろんな仕事場がある。まず、さきにも書いたが、水田が十三町歩、畠が四百五十町歩ほどある。山から切り出す材木のために製材所がある。その材木を家具その他に加工する工場がある。炭焼き場もある。緬羊《めんよう》が五百頭いて、ホームスパン［手紡ぎ手織りの毛織物。この場合、監獄での自家生産］をやって洋服ができる。乳牛が六、七十頭いて、バター工場はあるし牛乳の直売もやる。ブタも三、四百頭いて当時は軍事食糧に出していた。皮革用と食用にするウサギは五、六百匹もいた。また監獄は湖に面しているので、さかなもとれる。湖のうえには発動機船が走っているし、資材をあげるための小さな港もできている。そのほか日常必需品工場は衣食住ともぜんぶ揃っている。早くいえば、監獄の土地ぜんたいが、一つの大名領地のようなものをつくっている。

この〝監獄領地〟で、骨のずいまで搾取されている労働者が、すなわち千二百人の囚人である。

労働者である囚人の仕事は、大部分は耕作だ。耕作は馬をつかってやるが、畠はともかく、水田の方は、じつはやたらにひろいばかりで、収穫といっては三年に一度とれれば上出来というほどのひどいものだ。第一、てんから芽が出てこない。ようやく出てきても、一尺そこそこにのびるだけで花も咲かない。よほどうまくいって、一尺五寸ぐらいにのび花が咲いても、その実たるやぷかぷかで、どうにも米といえるようなしろものではない。こんなわけで、一反歩からまず普通にいって一俵半、二俵もとれれば未曾有の豊作だとされている〔現在の農法では一反あたり十〜十二俵。無農薬等の有機農法で三〜四俵〕。もともと、こんなさむいところで米などつくろうとするのがまちがいなのだが、政府としては、北の地方で米を耕作しうるかどうかを試験する意味で、網走刑務所をその試験台につかっているのだという。だから、できようができまいが、収支がつぐなおうがつぐなうまいが、一さいおかまいなしにやれというわけだ。しかし、試験もなるほどけっこうだが、その試験が、じつは囚人にたいする不当きわまる搾取にもとづいて強行されているところに、ゆるしがたいギマン《欺瞞》がある。底ぬけのバケツに水をくむような無益な労働によって、監獄の収入は当然にすくなくなるが、その結果はただちに、囚人の待遇の低下となってあらわれるのだ。

　そのことを知っているから、囚人はみな水田の耕作をよろこばない。草とりをやるのに、わざと稲の根までひきぬいてしまうと、あいつはだめだということになって、それから田へ入れさせないので、そこをねらって、しばしばこの手をもちいる。もっとも、真夏でもひとえというものをきず、冬のままのふとんに寝る網走では、草とりという仕事そのものも、じっさい寒くてつらい仕事なのだ。

　北海道の夏の霧は有名だ。これは暖流と寒流がうちあったときにうまれるものだが、網走のあたりでは特にひどくて、こまかい雨のような濃霧が一面にかかる。霧のことを〝ガス〟といっているが、ガスはいつやってくるかわからない。しかも、一たびガスがかかったらさいご、七、八月の真夏でも、綿入れをきなければ助からない。だから、夜もうっかり夏ぶとんなどで寝るわけにはゆかないし、着物も夏じゅうあわせをきている。

　米はできないが、そのかわり畠の方では、カボチャ、ジャガイモ、キュウリ、ショウゴインダイコン、ナスビなど、とれるといったらわんさととれる。たくさんとれたときには、いやというほどくわされる。三度三度ぶっつづけにカボチャをくわされて、胸はやけるし、しまいには顔が黄いろになる。

監獄の花

わたしの監房は、出入口の一ばんとっつきのへやで、おなじならびの反対がわのはしに国領君がいた。

監房の窓からそとを見わたすと、一面に草ぼうぼうたる野原がつづいて、そのむこうはなだらかに山となる。その野原と山が、季節のうつるにつれて、さまざまにころもがえをする。さくばくとした独房のあけくれにあって、このゆったりとしたながめは、わたしにも国領君にも、またとないなぐさめであった。

このながめは、とりわけ春が美しかった。ながい、さむい冬があけると、春はまず木の芽におとずれる。そここの木々の枝に、まぶしいほどのあざやかさで若芽がめぐむ。あのあざやかな緑は、本州ではけっして見られない。本州の画家にはとてもこの色は出せまいと、見るたびにわたしはおもったものだ。

雪がとけると、そのすぐあとにフキやタンポポが芽をふいて、ずんずんのびてゆく。ほんとうに、一日、一日、見るたびごとにのびて、一つきもたつと、内地で三、四ヵ月もたったほどに大きくなる。フキなどは五尺から六尺にもなる。クマザサも、人の背がかくれるほどに大きくなる。

タンポポは背はひくいけれども、一面に黄いろい花をひらいて、じつにみごとだ。タンポポのむこうでは、マツバボタンが、もうせんをしきつめたように原っぱをはっている。あかいのもあれば、黄いろのも紫いろのもある。そして、このような色とりどりの草のあいだに、監獄で飼っているウサギが、まっしろい背をまるくして、そこここに遊んでいる。

まったくそれは、ちょっと監獄ばなれのした美しさだった。

お針と糸つむぎ

監獄での仕事は、はじめのうちは軍手のかがりというのをやっていた（軍手のかがりというのは、軍手の手くびのゴムになっている部分を、手さきの部分にかがりつける仕事である）。わたしは不器用で、この仕事はついに上手になれなかった。それから針仕事もずいぶんやった。ぞうきんをさしたり、たびをさしたり、じゅばんをぬったりする。たびの底などは、四種類くらいの糸であわせてぬいあげるのだが、これもはじめは非常に下手だったが、やっているうちにだんだん上手になり、しまいには芸術の域に達した。たった一足のたびに一日じゅうかかりきりで、いろいろな糸を目の前にならべて、たんねん《丹念》に、めんみつ《綿密》に、さしあげる。こまかく、きれいにぬいあがったさしこの芸術をみて、なかまの囚人や看守などが、「一本の針でやったとは思えない」と、しばしば讃嘆のこえをあげたものだ。

手がわるくなってからは、糸をつむいだり、綿のほこりをとってきれいにしたり、そういう仕事ばかりをやった。これはらくな仕事だった。というのは、綿など材料をたくさんもらって、それを膝にまいて仕事をすると、とてもあたたかいのである。作業服は膝までしかないのだが、さむくなると、手のさきや足のさきなど、はだかで出ているところはなんともなくて、かえって腰からももにかけて凍傷にやられることが多い。綿を膝や腰にまいていると、それがふせげるからありがたい。同志、志賀は函館の監獄で網すきをやったそうだが、われわれの方はお針に年期をいれさせられた。おかげでわたしは、いまでもじゅばんだのあわせだのを自分でぬうことができる。たびをぬったり、ふとんの綿をいれたりするくらいは、いまでもぞうさなくできる。

侵略戦争反対のたたかい

日常の生活はそんなことであけくれたが、針仕事をしながらも、一方にわれわれは、われわれのたたかいを——帝国主義者たちにたいするわれわれのたたかいを、けっしてわすれたわけではなかった。わすれるどころか、一年は一年と破滅のふちへおしやられてゆく日本の足どりを見ては唇をかんで、いよいよはげしく侵略戦争反対をさけばずにはいられなかった。その声は、当時ほとんど監獄のなかだけで消えたが、それでもわれわれはしつようにさけびつづけた。

われわれは、帝国主義者たちがなにをはじめようとしているかを、いつもかれら自身よりもさきに予見していた。そして、かれらの血にぬれた手が日本の人民を結局どこへひきずってゆくものであるかを、はっきり予見していた。すべてこうしたことを予見していたからこそ、われわれは、終始かれらに対して侵略戦争反対をさけび、このことのために、獄外でたたかい、法廷でたたかい、さらにいままた獄中でもたたかいつづけたのだ。

記述がすこしさかのぼるが、たとえば満洲事変のときがやはりそうだった。

柳条溝《りゅうじょうこう》［柳条湖］の事件がおこったとき、わたしはちょうど東京地方裁判所の法廷で青年問題について陳述していた。青年問題というのは、結局戦争反対がそのおもな内容である。一九三〇年代初頭のあの大恐慌のおかげで、当時人民の生活はいんさんをきわめていた。トラック一台分の農作物が「敷島《しきしま》」〔当時のたばこの人気銘柄〕一本のねだんにもあたらず、労働者はどんどん首をきられて、一日の労働賃金五十銭というのがふつうだった。失業救済の土木にでて、三十銭か、せいぜい五十銭もらうというのがふつうだった。このような社会情勢は帝国主義者たちにとって、人民を侵略戦争にかりたてるためにまたとない絶好な条件をなすものだ。わたしは法廷でこの点をとりあげて、日本の帝国主義者は、たとえげんざい武器をとっていないとしても、じっさいには侵略の準備を着々とすめているし、ある意味では満洲や中国ですでに侵略戦争の戦端をひらいているのだと断定した。ところが、わたしがそんなことを述べている最中に、ジャンジャン号外の鈴の音がきこえてきた。その場ではむろん何の号外ともわからなかったが、それが満洲事変の勃発をつたえる号外だった。見ろ、すべてが、われわれの見とおしのとおりに運ばれている。しかもこのような侵略の結果がなんであるかも見えすいているのだ。そのときわたしは、国家と人民の将来をおもって、おぼえず暗然とならずにはいられなかった。

満洲のつぎが中国だ。日本の中国侵略がはじまったのは、われわれが網走で三度目の夏をむかえようとしているときだったが、これも当然おこるべきことがおこったにすぎない。満洲侵略に成功したのち、気をよくした日本の帝国主義者たちは、「これで満洲をぜんぶ取ったから、土地にあぶれている農民を満洲にうつすことで日本の農民問題はすっかり解決する。農産物もゆたかになるし、鉄や石炭にもこまらない。これから日本民族はらくになる」と、さかんにはやしたてて、人民のあいだに戦争熱をあおっていた。しかしこのときにもわれわれは指摘した。農民のくるしみは決して解決されない。日本人が満洲にいっても日本人式の農業をやってもできるものではない。しかも、国防のためにというので、移民はつとめて北へ北へと送りこんでいるが、北の方ではなおのこと農作物はできない。できても大連《だいれん》へ送るまでに汽車賃にくわれて、自分たちの手どりはいくらもなくなる。一方、満洲の作物が日本へどんどん入ってくる結果は、日本の農村を一そう圧迫することになる。だから、満洲をとったことで、日本の農民は一そうひさん《悲惨》になるばかりだ。また鉄や石炭などの重工業資源にしても、なるほど満洲にあるにはあるが、どんらん《貪婪》な日本の帝国主義者を満足させるにはとてもたりるものではない。いきおい侵略の手は、満洲のつぎにはかならずや中国にのび、ますます人民のくるしみをふかめることになるだろう。われわれはそれを見とおし、帝国主義者の宣伝のまっかないつわりであることを指摘してたたかった。網走へ送られてからも、おりあるごとにそのことを警告した。しかし帝国主義者たちは、そのようなわれわれをまんまと「売国奴」にしたてあげて社会のかたすみにとじこめ、着々とすじがきどおりに駒をすすめて、ついに中国侵略という破滅への決定的な一歩をふみだしたのだ。

中国侵略が満洲侵略の当然の帰結だったとすれば、太平洋戦争はまた中国侵略の当然の帰結だった。それがわかっていたから、一九三七年以後われわれは、中国侵略はけっして成功しない、日本の軍部はどぶどろのなかに足をつっこんだようなもので、あがけばあがくほどふかみにおちいるのだから、中国からも満洲からもはやく手をひけ、さもないと世界を相手の戦争に日本をひきずりこむことになる、と、監獄のなかから口をすっぱくして警告した。だが、犯罪戦争に熱中して正気をうしなった帝国主義者たちは、あたらしい中国の力をさとることができず、かえってわれわれを気ちがいあつかいにするのみで、国家と人民をついにこんにちの悲境におとしいれてしまった。

監獄にいて、耳にはいる情報などもしれたものだったが、それでもすべてこうした推移は手にとるようにわかった。それはたとえば禁書のふせ字をうめるようなもので、天皇政府がどんなに事実をかくそうとしても、まえもって大筋を正確に見とおしているものにとっては、情報のはしくれを聞くだけで、ふせ字のところにただしい字をあてることぐらいはぞうさもないことなのだ。

しかも、すべてわれわれの心配しているとおりに運ばれてゆくのを目のまえに見ながら、実際には自分の力でそれをせきとめることができず、自分はただ針仕事をしていなければならないのだから、ずいぶんくやしかった。

しいたげられているものがもっともよく理解する

帝国主義者や、その御用聞きである監獄の高級役人たちが、ついにさいごまでわれわれのことばを理解しなかったのに対して、下級の看守や、なかまの囚人諸君のうちには、かえって、おいおいにわれわれの真意を知り、戦争のほんとうの姿を批判的に考えるようになるものが多かった。これはだいじな点だとおもう。かれらは、いわゆる教育はないけれども、現実に戦争によってしいたげられているがゆえに、戦争が資本家や帝国主義者のためのものであり、それによって人民はくるしみを増すばかりであることの論理を、からだでもってじかに感知することができる。

監獄では、日本の中国侵略がはじまってから、それまで新聞もろくろく読ませなかったのが急に方針をかえて、スピーカーをとおしてどんどん戦況を聞かせるし、直接ラジオも聞かせるようになった。戦争熱をあおる積極政策だ。ラジオからはいろいろなデマが来た。勝った、勝った、勝ったはともかくとして、日本がいかにも正当で、中国がわるいとくりかえし宣伝する。これに対して、われわれは囚人諸君に話した。事実があきらかにならないうちは、この戦争をたたえてはならない、事実は今後だんだんにはっきりしてくるから、それをよく見て、この戦争の性質を理解しなければいけない、と話し、この戦争が日本の帝国主義者たちが計画的にひきおこした侵略戦争であること、軍部は中国の力を見くびっているが、それはあやまりで、この戦争はなかなかかたがつかず、結局世界をあいての戦争に日本をおしやり、ついに日本を破滅にみちびくものであること、だからわれわれは、このような侵略戦争に対して力をあわせて反戦運動をやり、日本の破滅を防がねばならないこと、を説明した。

むろん最初のうちは、たいていのものが反対した。兵隊あがりの囚人などは、あらんかぎりのことばをならべてわれわれをののしった。しかし、われわれがいっているとおりに、事実はだんだんにあきらかになってきた。戦況はしだいにおもわしくなくなるし、日本の軍部や資本家が大陸でどんなことをしているかも、だんだんにわかってきたから、かれらもまゆにつばをつけて、真相はどうなんだとかんがえるようになった。それに、われわれはこの戦争の背景として日本の国内のむじゅん《矛盾》をかれらに説明するのだが、これは、かれら自身がそのむじゅんのおおきなぎせい《犠牲》者だから、われわれのいうことは、いちいちかれらの胸におもいあたらずにはいない。このようにして、なかまの諸君もしだいにわれわれのことばに耳をかたむけるようになった。兵隊あがりの囚人が、いちばんはげしい反戦論者になったりした。

囚人諸君のこのような考えの変化を、一そうはやめたものは、戦争がすすむにつれて監獄内の労働が加速度的に強化されたことだった。これは世間でも同様だったが、それが監獄には、輪をかけてもうれつにひびいてくる。われわれはこれに対しても力のかぎりたたかった。戦争のための労働者および囚人の搾取ということに対して、つねに反対しつづけた。侵略戦争は、外国人をころし外国からうばうだけでなく、国内の人民をころし国内の人民から搾取し、そうすることによって軍閥や財閥をいよいよふとらせる。監獄ではその搾取が、もっともはげしく、もっともろこつな形で強制されるから、そうなってみると、はじめ戦争讃美派であった諸君も、しだいに事態のほんとうの意味を考えなおすようにならざるを得ないのだ。

労働の強化はまったくひどいものだった。国家非常のときだというわけで、軍手もやる、弾薬箱もやる、海軍でつかう雑のうとか、そのほかいろんな麻ぶくろをあむ仕事もやる。飛行機の部分品もつくる。それも、しばしば二十四時間ぶっつづけでやらされた。

親切な囚人たち

監獄にぶちこまれても一向に「カイシュン《改悛》の情」がなく、それどころか、監獄のなかでまで反戦運動をつづけるわれわれは、監獄の高級役人たちにとっては、まったくかたきのようにもおもえたことだろう。かれらは、陰に陽に、じつに不当な圧迫をわれわれに加えた。なかまの囚人諸君は、われわれの心からのみかただった。かれらに何かことがおこると、そのたびにわれわれが精力的にかばってやるので、かれらの方でも、じつに親切にしてくれた。

一度こういうことがあった。ノモンハン事件がおこったときのこと、監獄では一種のマヒ剤の意味から、囚人に読経の会だとか、短歌や俳句などの会をつくらせ、都合のわるい戦況ニュースなどから注意をそらすようにしむけた。もっとも、共産党は入れてはならんという但し書がついていた。わたしはなにもできないけれども、もともと口がわるいものだから、川柳のようなものをすこしやる。それで、あるとき、会というわけではなく自分がかってにつくったものを、みんなの前で聞かせたところが、いまはおぼえていないが何でもちょっとおもしろかったと見えて、みんなワッと笑った。ところが、笑わせたのがけしからん「静ひつ《静謐》を害した」という理由で、たちまちわたしは看守長によびつけられ、減食五日間、運動停止五日間、読書禁止二ヵ月間という懲罰を宣せられた。わたしは、静ひつなど害したおぼえはない、証拠をあげろとねじこんだ。看守長は、わたしと一しょにいた囚人諸君をさっそくあつめてはみたが、むろんだれ一人として「さわぎました」というものがない。これには困ったらしいが、ごういん《強引》な男で、とうとう証拠などなくてもいいというので、懲罰を実行した。

　読書禁止二ヵ月間などとはまったくめちゃだが、減食五日間というのもずいぶんひどい懲罰である。「減食」になると、めしは、おわんの底にせんべいくらいのあつさに麦めしをならべたのをくれるだけで、それにしたがっておかずもへらされる。要するにていのいい絶食だから、これを五日間もつづけられてはたまったものではない。看守長としては、おもい知ったかというわけだったろう。ところが、わたしは一向にこまらない。囚人諸君がみんなわれわれの気もちを知っており、われわれがかれらのみかたであることを知っているから、こんなときにはやっきになってつくしてくれる。めしは役人の目のまえでくばるのでなんともならないが、そのかわりにおかずを、鉄でできた大きな汁わんにカボチャだのジャガイモだの、汁の実をすくって一ぱいに入れて、しかもそれを二つくばってくれる。だから、めしはうすくても一向平気で、減食五日間のあともぴんぴんしていた。

監獄の役人のいんけん《陰険》なことで、もう一つおもいだすことがある。わたしは、市ケ谷にいたときも網走へいってからも、ずっと、いとこのところへ手紙をだしていたが、網走へいって間もないころにだした手紙がそのころの『改造』にのった。うちでも貧乏していたし、内容がおもしろいだろうというので『改造』にわたしした（原稿料を五十円もらったそうだ）わけだが、じじつおもしろい内容だったので非常に売れたそうだ。ところが、これをこころよからずおもった監獄がわでは、反げきのつもりからか、わたしが首唱者になって市川、国領、そのほか二、三人のものがぜんぶ転向したというデマをとばしたものだ。それはすぐに、方々の新聞に出た。一九三五年の秋のことだ。

むろんわたしは、そんなこととはぜんぜん知らずにいたのだが、ある日、歯をわるくして歯医者にみてもらったときに、それがわかった。その医者が「転向したときの心境はどうですか」と聞くので、「はてな、だれか転向しましたか」とたずねると、「あなたが転向したと新聞にでていましたよ」という。なおよく聞いてみると、右のようなしだいだから、これにはわたしもあきれてしまった。さっそく監獄に対して、そんなことをだれが言ったかと、がんがんつっこんだ。結局、所長が責任をおってよそへ転任になったが、こちらが監獄にいるものだからなにもわからないとおもって、こんなひきょうなことをやる。そのまえにも、佐野、鍋山が転向したときに、わたしらも転向したとデマり、そのため琉球からわざわざ弟がたずねてきたことがある。まったくそのでたらめさ、下劣さはお話にならない。

獄死した同志のことども

網走の生活をおもうたびに、ぼうぎゃくむざん《暴虐無惨》な天皇主義者たちのために、なかば計画的にころされた同志のことをおもわずにはいられない。同志市川、同志国領、いずれもいたみきったからだをひっさげて、たたかいぬいて死んだ。

同志市川は、網走のさむさでひどい神経痛にかかり、それから胃腸もわるくなって、いつも下痢していた。からだはゴツゴツにやせて見るかげもなかったが、それでもかつて泣きごと一ついわず、くぼんだ目をギラギラひからせて、いつも囚人のみかたになって不当な監獄当局とたたかっていた。われわれが網走から千葉の監獄へうつされる直前、一九四〇年の一月だったが、かれは、かぜがもとで肺炎にかかり、それでなくてもよわりきったからだだから、たちまちひどくなって、一時仮死状態におちいった。そのときの話というのが、じつにかれのかれらしい面目をつたえていておもしろい。かれの病気がひどいので、監獄ではかれを監房から病舎にうつした。この病舎でかれは一時仮死したのだが、それをみてよろこんだのは監獄の坊主と看守長だ。すっかり死んだものとして、さっそくかれの国もとへも電報を打つし、線香をたてたりお経をあげたりした。ところが、せっかく神妙そうな顔をならべてお経をあげている最中に、かんじんの仏さまがむっくり起きあがった。そして、あたりのようすをじろりと見まわしたかとおもうと、いきなり「ばかやろう」とどなりつけたものだ。死んだはずのかれが、やみおとろえながらもいつもどおりのがむしゃらな声で急にどなりだしたのを見て、わたしたちも、かつはおどろき、かつはよろこんだが、ここにあわれをとどめたのは坊主と看守長で、ギョッとしたなり、みるみる色をうしなってしまった。

病舎にいては又いつころされるかわからないから、どうしてももとの監房へもどるといって、それからすぐにかれは、わたしたちのところへもどってきた。ところが、こんな死にそうな重病人に対しても、監獄のやりかたというものは、じつにざんこく《残酷》なもので、湯たんぽを入れてくれというので監獄にいろいろかけあったが、どうしてもくれない。ねまきのましぎ《増衣》を余分によこしただけで、北海道の一月に、わたしたちの病人はついに湯たんぽなしに寝ていなければならなかった。しかし、そんなにくるしいときでも、市川は断じてたたかいを中絶しなかった。そして、そのはげしい気力で、とうとう肺炎をねじふせてしまった。

それから三ヵ月ほどして、四月にわれわれは千葉の監獄へうつされたが、千葉へきてからも、市川はほとんどめしというものをくったことがない。いつもおかゆばかりすっている。歯がわるくて、すっかり抜いて入れ歯にしていたので、よけいにかたいめしがくえない。それでもいつも元気で、ずいぶんくるしそうなときでも、ちゃんと起きて仕事をしていた。剛毅で、不屈で、ほんとうに頭のさがる人だった。

同志国領は非常にかたい人で、あやまりというものを全然おかさない人だった。監獄のなかでも終始厳格な態度で役人たちとたたかっていた。かれも、さむさとはげしい労働のおかげで胃腸をいため、腸の消化の力がよわって便がでなくなった。便がでないためにめしもくえず、胃がおもいのでいつもくるしんでいた。しかし、そのようにくるしみながらも、かれの態度は決してくずれず、かれの志とおなじように、いつも高く、いつもりん然とはりつめていた。監獄では、かれの衰弱がはなはだしいので、転向させようとおもってかれの弟を呼んだが、かれはかえって弟をしかりとばした。

かれは、一九四〇年に奈良へうつされたが、さいごにわかれるときには骨と皮になり、ほとんど死人のように青ざめていた。その後も病気はおもくなるばかりで、とうとう大阪で死んだ。

だいたい網走などへおくるのは、一種の計画的な死刑にひとしいのだ。わたしなども全身神経痛にやられ、一時はからだが全然うごかなくなった。刑期のおわりちかくなって、千葉へうつり東京へうつりしているうちにだんだんよくなり、手もわるいながらもどうやら人間なみになったのだが、あのまま網走にいたら、どうなっていたか知れない。

それにつけてもいきどおりにたえないのは、財ばつや右翼で懲役になったものに対する天皇政府のあつかいぶりだ。わたしがさいしょ豊多摩に入れられていたとき、小川平吉《おがわへいきち》が二年の刑で入ってきた。ところが、入った翌日から病舎だ。病舎だとずっと自由がきいて、めしも特別のがくえるのだ。そしてなんでも病舎に一、二週間ばかりいて、どうも病状がよくないとかいうわけで、執行停止になって、さっさと出てしまった。なんのことはない、ただ監獄にちょっと顔をだしたにすぎない。やはりそのころ、*桂太郎《かつらたろう》のこぶんで、大阪の浪華銀行の頭取をやった岩下周平が、業務横領で六年の刑になり、豊多摩にきた。だがこの男も、桂や財ばつ関係の手びきで、入って三、四日で執行停止になり、富士山のふもとにながくいて、結局そのままだった。こんな例はざらにある。

ただしいことのためにたたかったわれわれが、懲役におくられたのは、わるい法律のおかげだった。が、それはいまはいうまい。ただ、なんとしても黙していられないのは、この差別だ。同志市川でも同志国領でも、網走で文字どおり死にかかっていた。それでも天皇政府は、決してかれらを出そうとせず、じっさい死ぬまで出さなかった。天皇政府の本質とは、まさにこのようなものなのだ。網走おくりが計画的な死刑であるというのも、決してことばのあやではないのだ。

＊以下のくだりは、口述筆記をまとめる際の混乱か。「大阪の浪華銀行の頭取をやった岩下周平」とは「大阪の北浜銀行の頭取を務めた」岩下清周（一八五七〜一九二八）をさすと思われる。北浜銀行は一九一四（大正三）年に破綻、岩下はその責任を問われて起訴され、最終的には一九二四（大正十三）年に懲役三年の有罪が確定した。岩下は豊多摩監獄に服役、翌一九二五年の十一月に出獄している。その後は政財界との関係をすべて断って隠棲、御殿場に農園を営み、静かに暮らした。その岩下が没したのが一九二八（昭和三）年の三月十九日、「三・一五事件」の直後なのである。その意味での「やはりそのころ」とみるべきであろう。

獄中の読書

読書は一ヵ月に四冊ときまっていた。特別にかけあうともう一冊だけ出してくれるが、五冊以上はどうしてもだめだった。

一般の囚人用の本のほかに、いわゆる「思想犯」に読ませるための特別の本があって、われわれには普通の囚人よりもよけいに読ませることになっていたが、そういう本のなかには、ときどきいい本があるので、われわれとしては、そういうものをこそ読みたいとおもう。ところが、われわれが申しこむとそれをなかなか出してくれない。主として転向者に読ませて、われわれ頑強ぐみはなるべくしめだそうとする。そこで、ほんとうに読みたい本をうまく借りようとすれば、どうしても本の係の看守をみかたにつけなければならない。

わたしは、いいかげんなものではあるが、ともかくも法律家のはしくれだから、その知識を活用して看守たちの法律顧問になってやった。下級役人であるかれらは、ほとんどだれもが、それぞれ生活上のなやみをもっている。人から金を借りてくるしんだり、家のたちのきをくらったり子どもを奉公にだしたり、いろいろふくざつ《複雑》なのがある。そこで、そういうなやみをいちいち聞いて、親切に相談にのってやる。法律的な問題だけでなく、戦争がすすむにつれて、だんだん経済顧問の仕事もでてきた。物価はどんどんあがるが、かれらの給料はまるで死ねといわぬばかりだ。くるしい生活がいよいよ底をつく。そのようなかれらのために、経済的にどんな風にやってゆけばよいか、それもおしえてやらなければならない。はやくもめんの反物を買っておけとか、時計やラジオのような機械類を買いこんでおけとか、だいたいそんな風なくらしむきのちえをつけてやり、将来の経済的な見とおしを話してやる。それがあたるものだから、先生たちもよろこんで、なにかとわたしを徳とするようになり、こちらのちゅうもん《注文》にも便宜をはかってくれるようになった。こんなぐあいにして、たとえば日ソ年鑑のような普通ではとても借りられそうもない本を、借りて読むことができた。もっとも、この特別本は月に一冊だけだった。

わたしは、はじめのうちは、おもに仏教関係の本や日本の古典などをあさって読んだ。そういう本も、読みようによってはなかなかためになる。たとえば仏教の本にしても、しっかり目をあけて読んでゆけば、仏教というものが、あらゆる時代を通じてつねに当時の権力階級につかえ、その権力維持の道具となっていた事情がよくわかるし、仏教と道徳、仏教と性よくなどの奇怪な関係も、ありがたそうな文句のおくから、はっきりうかびあがってくる。ついでながら、でたらめでこっけいなのは極楽浄土の方がくだ。こんにちでは西方十万億土ということになっているが、はじめは東だった。それが、いいかげんなところで、ひょいと西にかわっている。もっとも、こういうでたらめは、およそ宗教と名のつくものにはかならずあるもので、いちいち敬意を表していてはきりがない。

　古事記や日本書紀なども、二、三度くりかえして読むと、その記述のうちで、真実をつたえている部分と、へんさん《編纂》者である当時の権力階級が自分をきれいに見せかけようとしてかざりたてている部分とが、はっきり区別されてくる。たとえば仁徳《にんとく》天皇のくだりなどは、もはん《模範》的な一例だ。この天皇は、人民のまずしい生活をあわれんで三年間みつぎものをゆるしたということになっているが、古事記でこのことが書いてある前後を読むと、この天皇の私生活がいかにみだれくさったものだったかということに、いやでも気がつく。めかけを幾人もかかえ、美人がいると聞けば遠近をとわずさっそく召しあげるというようなことは、当時の天皇のだれもがやっていたことだが、この天皇のばあい、めかけのうちの二人は、腹ちがいの妹だ。天皇になるまえにすでに、父おやの応神《おうじん》天皇が日向《ひゅうが》から召しあげようとしたカミナガヒメという美人に横ぼれして、とうとう自分のものにしているし、そののちも、ヤタノワキイラツメという女をめかけにしたいと皇后に相談し、はねつけられたので一度は見あわせたが、皇后が紀伊《きい》へ旅行にでたるすをねらってついに目的を達したとか、弟と二人の女（これも腹ちがいの妹だ）をはりあってうまくゆかず、けっきょくむほん《謀叛》をたくらんでいるということにして、女もろともその弟をころしてしまったとか、とにかくいんとう《淫蕩》のかぎりをつくしている。こんなふうだから、当然財政はみだれ、人民のくるしみは極度に達していたにちがいない。それともう一つは、当時日本の社会は一つの大きな変りめにあたっており、朝鮮を通じて新しい文化や物資がさかんに入ってくるし、内部的にも、原始的な奴れい《奴隷》制度から、奴れいをつかって大きぼな土木事業などをやる時代に入っていた。そういう事情もあって、非常に費用がかさみ、その結果、国庫がすっかりからになるような状態がおこったのではないかとおもう。だから、わたしにいわせれば、三年間みつぎものをとらなかったというのも、どうにもとりたてようがなかったからのことで、人民の米びつを自分でからにしておきながら、いまさらめぐみをほどこすもないものだ。しいて課役をとりたてようとすれば、はんらん《叛乱》がおこったにちがいないと、わたしはかんがえている。

すこし余談がすぎたが、だいたいこんなふうな角度から古事記や日本書紀を読み、平安時代の好色文学や歴史やそのほかの古典を読んだ。現代のものも、ひまにまかせて読みちらしたが、戦争中にさかんにでた軍国主義文学なども、日本の帝国主義の内部機構がだんだんにかたまりくさってゆく過程をはっきり見せてくれるのでおもしろかった。

西洋の本は、キリスト教関係がすこしと、そのほかはごく通俗的なものばかりで、まじめに読みたいようなものはほとんどなかった。聖書もすこし読んだが、わたしには日本に関する本のほうがおもしろかった。

のちに自然科学に興味をおぼえてからは、もっぱらそのほうに集中した。気象学、海洋学などを手はじめに、だんだんまぐちをひろげて、土木建築とか造船、機械、農業技術などをかたっぱしから読んだ。そういう本はわりあいにあるし、純粋自然科学だから、監獄がわでもわりあい気がるに許可してくれる。工業経営論などは、一面からいえば搾取問題をあつかっているわけだが、これも読むことができた。

お天気てんぐになるまで

わたしは、いまでも天気予報についてはちょっとしたてんぐだが、この技術は網走にいるころ身につけたものだ。やりかたはいわゆる「観天望気《かんてんぼうき》」で、機械などはつかわず、雲のうごきを見てぴたりとその日の天気をあてる。いささか原始的ではあるが、といって、科学的な根拠がないわけではない。

いったいに網走の監獄には、お天気のてんぐが多い。まえにも書いたように、網走というところはうしろに湖があり、すぐまえは海で、しかもその海面たるや、ちょうど黒潮と寒流とがぶつかりあう交点をなしているというわけで、気象のかわりかたが非常にはげしい。二時間もたたぬうちにがらりとかわる。監獄は、そういうところにひろい領地をもって、農業をやっているものだから、看守も囚人もみな非常にお天気を気にする。もう一つは、夏になると、ガスでふとんがしめってすぐにペチャンコになるので、しょっちゅうふとんをほさねばならない。ふとんをほすには、お天気のいい日をえらばねばならぬし、そのお天気もいつかわるかわからないから、たえず気をくばっていなければならぬ。それやこれやで、天気を見ることが非常にだいじな仕事になり、したがってそのてんぐがおおぜいいて、まいにち、あたったとかあたらぬとか、がやがややっているわけだ。

わたしも、なにしろ本は月に四、五冊しか読ませてくれぬし、どうにもひまつぶしにこまったあげく、ひまなときは空を見ることにした。空を見ているぶんには、静ひつを害するおそれもあるまいというぐらいの気もちだったが、見ているうちにだんだんおもしろくなって、気象学にも興味がわき、ついにやみつきになった。

本は、中央気象台から出している『天気と気候』という雑誌を六、七年つづけてとったほか、藤原咲平《ふじわらさくへい》氏や岡田武松《おかだたけまつ》氏などの著書を読んだ。それから気象学は海洋学と関係があるので、その方の本も読むし、『海洋の科学』という雑誌も一年ばかりつづけた。海岸の状態と気象との関係、風力と天気との関係、気象と雨量、気象と気候、気象と農業の関係など、だんだん勉強をすすめて、そういう方面から、さらに自然科学一般に関心をもつようになった。

太平洋戦争がはじまったのは本州の監獄にうつってからだったが、戦争以来はラジオの天気予報もなくなったし、本州ではお天気のてんぐもあまりいないので、非常にちょうほうがられた。同時にこっちも、ラジオの予報を参考にすることができなくなったから、それだけ苦心しなければならぬ。まいにち、朝おきたときと、正午と、二時と、夜ねるときというぐあいに時間をきめて、気温をとり、気象の変化を書きとめる。時計をもっていないから、監獄で起床とか、食事とかのあいずにならす鐘を聞いて、帳面に書く。こんな風にして、いよいよお天気てんぐとしてのうんちくをたくわえた。そのころの帳面が、ぜんぶで六、七冊、いまもある。

こんど出てきてから、「農業の将来」という小論を新聞に書いたが、気象学や、そのほか監獄で勉強したことが非常に役にたった。

千葉、小菅、豊多摩、府中

このようなあけくれのうちに、一九三四年のすえから四〇年の春まで、あしかけ七年間というものを、われわれは網走の監獄ですごした。四〇年の四月に本州へうつされ、千葉の監獄に入ったが、函館にいた同志志賀もやってきて、われわれは七年ぶりの再会をよろこびあった。千葉では、生活は北海道のときよりも又一だんとわるくなり、汁なども俗称「小便じる」というやつで、みもなにもないまったくひどいものだった。ただ、春かぜだけはありがたかった。

千葉に一年あまりいて、四一年の九月に小菅《こすげ》へうつり、おなじ年の十二月二十日、小菅でわれわれの刑期がおわった。ほんとうはもっとのはずだったが、その前の年が例の「二千六百年」で、そのとき一年十ヵ月ほど「減刑」してくれたというわけだ。もっともわれわれは、六年間も未決でいて、そこへさらに十年の判決をもらったのだから、いまさら「減刑」もないものだ。

ともかく刑期がすんだ以上は、監獄にはおけないので、われわれは予防拘禁所という別の監獄に入れられることになった。太平洋戦争がはじまったばかりで、勝った、勝ったのうわごとにわきたっているなかを、十二月二十一日、中野にあった豊多摩刑務所へ送られ、戦争がおわる直前の六月二十九日までそこにいた。それから府中の拘禁所へうつり、一ヵ月あまりで終戦になった。

われわれが拘禁所にいた四年間は、そとの世間でもいよいよ物がなくなり、一部の特権階級をのぞいて、一般人民の生活が窮乏の底をついていたときだ。そんなときに、監獄がらくなところであろうはずもないが、それにしてもひどかった。栄養不良で、われわれのうちからもばたばたと死人がでた。

軍需会社の幹部が労働者のものをぬすんだように、監獄でも役人が囚人のものをぬすむのだ。拘禁所というところは、もともとちっぽけな世帯だから、そこで頭をはねられてはたまったものではない。それも、われわれのいもをごまかしてくうくらいはまだしも、高級役人が普通囚人のくうぶためしをぬすみぐいして恥じるけしきもないのだから、おこるよりさきになさけなくなった。

配給所へ人数をいつわって、余分にとった食糧をトラックで堂々とよこながしする。四人用の軍手をとるし、布地をとるし、みそ、しょうゆ、しお、あぶら、なんでももってゆく。空襲がはげしくなるにつれて電球どろぼうもふえた。なかには、空襲のとき、「わたしが残っていましょう」とラジオの情報を聞く役目を買って出て、まんまと真空管をしっけいしてゆくやつもあった。

まったく不正、不義、いたらざるなきありさまで、そのようすを見ているだけで、戦争がどんな風にすすんでいるかを察することができた。そして、われわれがふたたびそとへでて、このやぶれはて、くさりはてた日本をたてなおすためにはたらく日が、ようやくちかづいていることをおもった。

終戦の前後

われわれは、十数年の監獄生活を通じて、いつも、われわれがいま一度そとへでてはたらく日がかならず来ることを信じていた。そしてそのときにわれわれとしては一体どうするか、日本民族のさんたんたる状態をすくうためにどうすればよいか、あたらしい民主主義社会をどういう風にしてうちたてるか、という問題をかんがえつづけていた。

もっとも、網走でかんがえていたときには、それはなかば夢にちかい計画だったともいえる。だが本州へもどり、太平洋戦争がはじまり、しかもその戦争が、かねてわれわれが警告してきたとおりの順序をたどってしだいにおわりにちかづきつつあるいまでは、もはや夢ではありえない。われわれは、だんだんはげしくなる空襲のもとで、もう一度最後的にこの問題をとりあげ、できるだけめんみつに、できるだけ具体的に、研究し、計画した。

われわれは、機会を見つけてはおたがいのかんがえを話しあい、われわれの計画をまちがいのないものにするよう努力した。ことに府中へうつってからは、空襲のおかげで、監獄でもわれわれに新聞を読ませるようになったし、なによりもおたがいに顔をあわせて話す機会がひんぱんになったのは好都合だった。

十月十日にそとへでたわれわれが、でるなりすぐに日本共産党を再建し、機関紙も出してかっぱつな活動をはじめることができたのは、監獄にいるあいだにすっかり準備をととのえていたからだ。たとえば『アカハタ』の一号にのせた「人民にうったう」や「当面の諸政策について」なども獄中ですでに書きあげてあった。またわれわれは、政府や資本家が生産をサボろうとするにちがいないことを見こしていたから、労働者の手でこのサボをうちやぶって日本の産業を再建してゆくには、争議のやりかたも、かつてのストライキ一本槍をあらためて、経営管理の方式でゆかねばならぬとかんがえ、獄中でその計画をたてた。これも『アカハタ』一号の論文のなかに書いてある。

終戦前後の数ヵ月は、このようにしてあわただしくすぎた。政治犯人を解放せよというマッカーサー元帥の指令にもかかわらず、政府はわれわれの解放をサボり、監獄当局も、たずねてくる連合軍の人たちにむかって、さいごまでしらをきろうとしていたが、九月のおわり、ついに連合国の新聞社の人たちがわれわれを見つけだした。そして、ながいあいだ、あれほどに待ちつづけたあたらしいたたかいの日が、とうとうわれわれのところへやって来た。

一九四五年十月十日、十八年の監獄生活ののちに、われわれは、府中刑務所の鉄の大門をひらいて、ふたたび社会へ出た。一九二八年の三・一五にやられ、市ケ谷刑務所の未決監へほうりこまれてから、まさに十八年目だった。ひとびとは、しょぼふる雨のなかに立ちつくして、われわれを待ってくれていた。十八年という年月のながさを言ってわれわれの苦労をねぎらってくれる同志の人たちに、わたしはただうなずくほかなかったが、同時にどこか心のかたすみでは、ほんとうにながい年月だったが、でも、単純な生活だっただけに、すぎ去ってみると、一炊の夢だったようでもあるとおもっていた。さすがにふくざつな感がいだった。

ともあれ、われわれのまえには、急を要するだいじな仕事が山ほどあった。われわれは、かねてこの日あるを期してかんがえぬいておいたわれわれの計画を実行するために、もはやためらうことなく、まっすぐにあたらしいたたかいのなかへとびこんでいった。

むすび

獄中の経験を書きおわるにあたって、もう一つ、わたしがいまつくづく感じていることを書いておこう。それは、監獄も社会も結局おなじだということだ。

さいしょ監獄に入ったときに、わたしは、監獄はたかい塀で社会からへだてられた特別な場所だと感じた。しかし、戦争がすすみ、社会がかわるにつれて、そのような感じかたのまちがいであることが、しだいにわかってきた。監獄は社会の一種の縮図である。社会があらたまらなければ、監獄もあらたまらない。監獄がざんこくであるということは、社会もざんこくであるということだ。こんどの戦争で、社会がいよいよ不正、ざんこくになるにつれて、監獄のなかも、まるで鏡にうつっているように、不正とざんこくの度をくわえていった。そして、われわれが社会へ出てみると、社会の人たちはみな囚人のようになっていた。

われわれは、くされはて、すさみきったいまの日本をたてなおして、矛盾のない、ただしい、ゆたかな社会をつくりあげなければならない。そうすることによって、監獄も、やがてただしい、ゆたかな監獄にうまれかわるであろう。われわれのたたかいはそのためのものであり、そして、かならずそれをなしとげることができる。

志賀義雄篇

志賀義雄

おいたち

ながい獄中生活も過ぎ去ってみればほんのひとときのようにも思われる十八年の闘争生活だった。

わたしの父は、土地がせまく、イモばかりたべているので有名だった山口県大島郡沖浦《おきうら》村《そん》［現・周防大島《すおうおおしま》町］の水呑百姓の次男坊としてうまれた。大島というところはいまこそ柑橘《かんきつ》類の産地などといわれているが、そのころはイモよりほかできない痩せ地だったし、そのうえ畑もすくないので、くえない島の人々は明治初年ごろから、ハワイやカリフォルニアへ出かせぎにでていった。わたしの父もとても島にいてはくえないと考えたのか、十七、八歳のころ、長崎にでて帆船の見習水夫になった。そのうち汽船ができるようになったのでこれに乗りこみ、英人船長の指導をうけているうちに、航海術をおぼえて、日本で七、八番目の汽船の船長となり、明治四十年ごろからは門司でサルヴェージ業を兼ねて船体検査をやるサーヴェアー業をやって暮しをたてていた。わたしは一九〇一（明治三十四）年この船長の子としてうまれたのである。父の姓は川本と呼んだが、わたしは事情あって母方の実家である志賀をつぐことになった。

わたしの母は口もへただし、子どもにたいする愛情をすらはっきり表わせないような人だった。しかしわたしが一高を受けた当時、茶ずきの母が、茶だちをしてまでわたしの入学を祈っていたのを知って、母の愛のありがたさをつくづく感じたことがあった。わたしは小学校のころから父が読んでいた東京パックとか、大阪パックとかいうような諷刺画の入った雑誌を見ながら、いつのまにか山県有朋や、伊藤博文、寺内正毅《てらうちまさたけ》というような長州閥の大御所どもは、軍閥、官僚の勢力を利用して、人民を圧迫する悪い人間だと思うようになっていた。そののち萩《はぎ》中学に入るようになって、わたしは母方の家で、祖母とともに中学の五年間をくらした。萩は軍閥と官僚の原産地であるうえに、非常に封建的な空気のこい田舎町だったが、この五年間の生活で、わたしの封建主義にたいする反感はかえって一層はげしく生長していった。たとえばわたしの通学していた中学校のすみに、一軒の小さな靴屋があったが、この靴屋にたいして、中学一、二年の少年がしめした、ろこつなさげすみの態度はわたしの心をそのたびごとに刺激した。ちょうど中学二年生のおわりごろ、わたしは僅かなこづかい銭で、あの被圧迫部落民にたいする社会的迫害をなまなましくえがいた島崎藤村《しまざきとうそん》の『破戒《はかい》』を買った。そしてそこに書かれてある差別待遇が人間にとって断じて許しがたいものであるという義憤を感じつつ、むさぼるようにこれをよんだものである。そののち中学四年のとき、県立図書館で中江兆民の『一年有半』を借りようとしたら、「こういう本は中学生にはかせない。むかし、荀子《じゅんし》という性悪論者の弟子に秦《しん》の丞相李斯《じょうしょうりし》がでた。ある人の学説がただしいかどうかは、その弟子にどんな人物がでるかを見るとよくわかる。兆民の弟子からも幸徳秋水という大逆人がでた」と、主事からことわられた。この主事は、日清戦争に陸軍大尉として出征したが、自分はざんごう《塹壕》にかくれながら、とっかん《吶喊》、とっかん、と叫んだそうだと、中学生が笑っていた。しかし、主事からそういわれてみると、なおさら読みたくなり、図書館のかかりをうまくだまして、とうとうこれを借りだし、非常な感銘をもって、くりかえし、くりかえし読んだことをおぼえている。

わたしの家のまえには高杉晋作《たかすぎしんさく》のうまれた家があり、うらぐちの方には木戸孝允《きどたかよし》の家もあった。この家には、木戸の実家の姓である和田という標札がかかっていた。そして、おなじ町内に「田中義一閣下誕生之地」という石碑もある。わたしのうまれそだった環境というのは、こんな風なものだった。

学校では、吉田松陰《よしだしょういん》の「士規七則」を中心とした一種のスパルタ教育をうけたが、わたしは一年生のとき、士規七則の暗誦がクラスのうちで一ばんうまいというので校長から

ほめられたことがあった。あとからおもえば、封建時代末期の下級武士のイデオロギーにすぎなかったが、

士の道は義よりも大なるはなし。義は勇によりて行い、勇は義によりて長ず。

という第三則や、

死してのちやむ（死而後已）の四字、言簡にして義広し。堅忍果決、確乎として抜くべからざるものは、是をおきて術なきなり。

という第七則などは、そのころ大いに感心していた。

中学生で米騒動に参加

中学五年のとき、夏やすみで門司の父母のところにかえっているあいだに、例の米騒動がおこった。かぞえ年十八歳の中学生だったわたしは非常な感動をうけて、米騒動に参加したが、これがわたしの社会運動に足をふみこんだ第一歩だった。またそのころわたしの中学には梅村清光《うめむらきよみつ》というおもしろい教師がいて「自分の名まえを忘れても、近代の歴史は一七八九年にはじまったということだけは忘れてはならない」といって、四枚つづきの黒板の一枚一枚に『一七八九』と大きく書いて、フランス大革命の重要性をしきりに説いて

きかせた。

わたしは中学のころから、フランス革命の文献をこのんでよみ、ロベスピエールなどに非常な尊敬の念をいだいていたものである。もちろんそのころのわたしに政治的傾向などがはっきりわかるわけはなかったが、とにかく、自由平等とか博愛というような思想を少年の心ふかく植えつけるに役立ったことは事実である。わたしが門司で米騒動などに参加したので、父母はおどろいて「すぐ萩にかえれ」といって、萩に追いかえされたが、かえってくるとまもなくここでも米騒動がおこりそうになり、全国にひろがった社会不安の姿はなまなましくわたしの心にうつった。

こうした空気のうちに、わたしは一九一九（大正八）年三月中学を卒業した。中学校の修身の教科書は沢柳《さわやなぎ》政太郎《まさたろう》博士のものをつかったが、五年生用のおわりに、いまや卒業しようとする諸君は十年後にはどうなっているだろうかという一節があった。十年ののち、わたしは監獄に未決生活をおくっていて、それをおもいだして笑ったことがある。

一高入学――学生運動へ

その年の九月、第一高等学校に入学した。一高の同年生には、ゾルゲ事件の尾崎秀実《おざきほつみ》や、尾崎を裁判した高田正《たかだただし》のほか、内閣副書記官長をやった三好重夫《みよししげお》、安倍源基《あべげんき》のお先棒をかついだ水池亮《みずいけりょう》、なくなった作家の池谷信三郎《いけたにしんざぶろう》などがいた。殊に水池とは高等学校時代無二の親友だったが、運命のふりわけはふしぎなもので、わたしは共産主義運動ばかりやったにたいし、水池は弾圧する方にばかりまわっていった。

そのころわたしは一高の南寮六番にいたが、このへやは柔道部のへやで、先輩には、新人会の村上堯《むらかみたかし》、三輪寿壮《みわじゅそう》などがいた。柔道部といえば、反動のそうくつ《巣窟》のようにおもわれるが、このへやからは、解放運動の犠牲者が一ばん沢山でている。わたしらより前の人々はたいてい、民主主義や、堺利彦流の社会主義、社会民主主義、あるいは幸徳秋水流の無政府主義的傾向を帯びた社会主義、あるいは労働組合主義というようなものから、だんだんに共産主義に入ったものだが、わたしたちのころからは、はじめから共産主義で教育され、その運動に参加するものが多くなった。わたしが中学四、五年のころから、ロシア革命のニュースがさかんに新聞にあらわれたが、高等学校のはじめごろからは、次第にそういう文献が世にでるようになった。したがってわたしたちははじめて自分でものをかんがえだすようになる年ごろから、すぐにボリシェヴィキの理論を身につけ、運動に参加するような境遇におかれたのである。

わたしは一九二二（大正十一）年第一高等学校を卒業して、東京帝国大学文学部の社会学科に入った。そのころは、ちょうど帝大の「新人会」がもっとも苦境にあった時代で、いま社会党にいる黒田寿男《くろだひさお》君や法政大学教授の友岡久雄《ともおかひさお》君など二、三名がその再建に努力していたにすぎなかった。わたしはこの壊滅にひんした新人会を再建するため、かれらと力をあわせて、全国の高等学校をはじめ、その他の学校へはたらきかける運動をはじめた。そのころまでの新人会は積極的に他の学校へ手をつけるような活動はしていなかったが、わたしたちのころから、そろそろ全国の学校へはたらきかけるとともに、進歩的な学生を糾合《きゅうごう》して、啓蒙運動をやるようになったのである。

だいたい民主主義の獲得が当面の課題となっている国では、どこでも学生が積極的にその運動に参加するもので、神聖同盟の反動治下のドイツにおけるブルシェンシャフトにしろ、また十九世紀のすえごろのロシアの学生運動、第一次大戦後のアジア諸国の学生運動などにしろ、すべて同様である。ただ、民主主義革命の途上で各階級がはたす役わりは、時代により、国によって変化するから、その変化に応じて、学生運動の性格もおのずから変化するのは当然で、日本ではプロレタリヤの運動とむすびついたわけだ。

まずわたしは入学すると同時に、黒田寿男らとともに、東京から西の方の高等学校をずっとまわって、社会科学研究会のあるところとは連絡をとり、ないところには研究会をつくり、大正十一年の十一月七日のロシア革命記念日には、ついに全国の進歩的学生の代表者を東京帝大にあつめて、「学生聯合会」を結成することに成功した。これには、いま社会党にいる高野実《たかのみのる》君なども大いに活躍したが、もちろんこの運動はわたしたち学生だけでやったのではなく、共産党も熱心にこれに協力したのであった。おもしろいことに、日本の学生運動では、社会改良主義とか、社会民主主義とかは、その主潮流となることができなかった。

そのころ、共産主義者のグループとしては、いろいろのものがあった。すなわち高津正道や近藤栄蔵などを首領とし、高瀬清、高野実それにわたしなどもすこし関係していた暁民会、徳田球一、山川均、荒畑寒村らの水曜会などのほか、木曜会だとか、そういう小さなあつまりが、五つ六つあった。それらがちょうどわたしの大学に入った年の七月十五日に、あいあつまってコミンテルンの指導のもとにはじめて日本共産党を結成した。そうしてわたしが大学の二年のとき、すなわち一九二三年の六月には、はやくも第一次共産党検挙の弾圧がくだったが、わたしはさいわいこのときは、検挙をまぬがれた。

三・一五

田中［義一］内閣によって総選挙がおこなわれたとき、共産党は非合法に追いこまれながら大衆のまえに公然とその政策を示して選挙闘争を行った。そしてすでにわれわれはこのとき選挙で共産党の活動が一おう出つくしたあとから、敵は大検挙にうつるだろうと察知していた。そのころ警視庁の特高課でも、全国の警察でも、検挙の準備をすすめていた。検事局でも、当時の東京地方裁判所次席検事松阪広政《まつざかひろまさ》が検事正塩野季彦《しおのすえひこ》の命をうけて主任となり、その下に平田勲と岡五郎《おかごろう》の両検事を配置し、準備させていた。この事情がわれわれの方にもわかってきたので、わたしは台湾で警官隊とたたかってたおれた渡辺政之輔にたいし、近く大検挙があるから、党としても備えねばならぬと、進言した。かれは当時党の書記長であった。

それから一ヵ月、三月十五日のあけがた淀橋角筈《よどばしつのはず》の自宅に寝ていると家人が急にわたしをおこした。「電報とよぶ声がする」という。今ごろ電報のくるはずはない。さてはとわたしは、身のまわりになにも証拠物件のないことをたしかめたうえで、電報とよぶ声を耳にしながら懐中電灯をつけてそとへ出た。くらやみでそとはよくわからない。——そのときかれらは、家から出てくるものに気付かれぬようそっと身をひそめていた。——おかしいとおもって門を出るとたん、すうっとわたしのうしろから、「警視庁のものです」といってどかどか家のなかへあがってきた。「なんできたか」と聞くと、「ちょっと家を調べさせてもらいたい」という。「なんのために調べるか」と聞いているうちに、二十名ほどの刑事がでてきて、どんどん入ってしまった。みると、家の前後左右も、すっかりとりまかれていた。わたしはへやのまんなかの椅子に腰をかけ、かれらのすることをみていた。すみからすみまでさがすが、なにもでてこない。とうとう天井の板をたたきはじめた。たいたはずみに板がはずれて鼠のくそがサッと警部補の頭のうえにおちた。わたしは「泰山鳴動、鼠のくそだね」と笑った。証拠らしいものはなにもでないので、本という本を一さいがっさいあつめて、二千冊ぐらいもっていった。シェークスピヤの『マクベス』まで表紙が赤かったせいか、それとも本の名がマルクスの名に似ていたせいか、もっていった。それから淀橋警察署へつれていかれた。ほどなくここへ中野重治《なかのしげはる》君がくる。そのほかいろいろな人がきたので、これは大検挙だと知った。そのとき、なくなった大島英夫《おおしまひでお》が妻君や赤ん坊まで一しょにすでに入れられていた。その赤ちゃんは病気なので、わたしは再三その釈放を要求し、特高係主任に交渉して牛乳の差入を許可させたが、病気が悪化して二三日うちにとうとう死んだ。わたしにはなにも証拠がないので、どうすることもできず、三、四日留置場においてから、市ケ谷の刑務所へほうりこんだ。

予審判事にあったとき、はじめて平田検事の起訴状なるものを聞かされた。わたしは、「そんなものはでたらめだ」と一蹴した。刑務所へ入ってすぐ気づいたのは、徳田君のきていることだった。あいかわらず元気なすがたである。おたがいに元気でがんばろうと、目つきや指さきであいずをしあった。それから二年間に、わたしの係り検事は五人かわった。わたしはこれらの検事にたいし、一さい陳述を拒否しつづけたのである。

牢獄は革命家の試金石

刑務所にはつぎつぎと新しい人がくる。いよいよ大検挙だと知ったが、はじめはようすがわからず、どのていど党が被害をうけたか皆目わからない。そこでわたしはかんがえた。第一に、自分の責任をさいごまでがんばりとおすこと、第二に、このあらしはどこまで及ぶかわからないが、かれこれ心配せず、なにか事がおこったら沈着に処理すること、第三にどこまでも元気でやり、節制ある生活をおくること、の三つである。入所した翌日にこのプランをたてた。

それから一ヵ月ほど市ケ谷にいたが、急に豊多摩刑務所におくられた。豊多摩は初犯の受刑者をいれる刑務所で、建物もふるく、未決の人間をいれるような設備ではなかった。のちに齋藤瀏《さいとうりゅう》という二・二六事件に関係した将軍の獄中の歌集を読んだことがあったが、これを読むと、監獄にほうりこまれて、いやな色のきものをきたとき、この男はすっかりしょげて、悲観した歌をたくさん作っている。わたしの入所したときの気持ちとくらべて、いばっていた軍国主義者が、あの色あせた囚人衣をきせられたとたんに、こうも気がくじけてしまうものかと感じ入った。職業軍人の精神的もろさを感じたが、わたしはこの種の悲観はしなかった。

第一の危機は、入って先ず自分の知識の不十分なことに気づくことである。わたしは、学生時代からそうとう書物をよみ、研究もすると他人からはいわれた方だった。もちろん、運動にいそがしいから、学者のように万巻の書をつんで自由に読破する時間や金の余裕はなかったが、ともかく書物は読む方だった。ところが入獄して感ずるのは、日本の事情についてそれまで自分が調べていたとおもうことが、実は十分でなかったということだった。ていどの差はあれ、だれでもこうした感じをうけるものらしい。のちになって、転向した浅野《あさの》晃《あきら》のさいしょの手記をみたときにも、かれはそのような感じをつよく述べていた。わたしはそれほどではなかったが、やはりこうした感じをもった。ところで、それからどうなるかが重要なわかれめとなる。かような感じから、「自分はなにも知らなかった。だからいままでやってきたことはだめだ」という考えにおちこめば、それが共産主義者としてくずれてゆく第一歩となる。わたしはそうはかんがえなかった。かえって逆である。たとえ知らなくとも、こんご監獄のなかで、制限はあるが入手しうるかぎりの本をよんで知識をゆたかにしよう。そとにいたときはふりむきもしなかった反動的な書物もこれからはどんどん読んで、敵がわの情報をつかんでゆこう。それに、牢獄こそは革命家の試金石である。がんばってこの試練にたえるなら、読書や監獄のそとの運動ではつかみえない別のものを学びとることができる。このあたらしい道を切りひらく覚悟ができるかどうかが、そののち永年にわたる獄中生活にたえうるか否かのわかれみちとなる。この覚悟がうまれてしだいにつよまるか、またはそれができずにしだいに動揺して没落するか、そのけじめははじめはほんのわずかだが、一歩一歩大きくなる。一歩くずれると二歩くずれ、いつかは百歩千歩くずれて、解放運動と勤労人民へのうらぎりものとなる。

それにしてもだいじなことは、社会にいるときからつねに注意して、証拠になるようなものをけっして身のまわりにおかないことである。人間は注意しているようでも、一週間たち一月たつうちには、いろいろなものをもっている。それで、あれを整理しようとおもいながら、まああしたにしようとのばすと、それが失敗のもとになる。整理しようとおもったら、机のひきだしでもなんでもかならず検査して、よぶんなものをすべて処理しておくことだ。そういう証拠をとられると、どうしても人間は敵の攻撃に受身となり弱くなりがちである。そのいい例ではない、わるい例は村尾薩男《むらおさつお》その他である。かれらはゆるしがたい不注意のために、党員大検挙のいとぐちをあたえ、そのために虚脱状態におちいり、ベラベラとはじめからしゃべっている。それがつかまった党員にどれだけわるい影響をあたえたかわからない。この点わたしはふだんから注意していたので、たいしたものをとられずにすんだ。また自分の社会主義的良心にたずねてみても、ほかの同志に迷惑をおよぼすことがなくてすんだ。

さいしょにとらわれた者が一番困惑するのは、だれがどのくらいつかまったのか、かいもく見当のつかないことだ。しかし、そういうばあいに、それをむやみと心配してもしようのないことだから、できるだけ元気な気もちでいることが必要だ。そして元気でいるかどうかは、見ていると一目でわかる。窓からチラリとみえる運動中の姿をみても、その人の態度でがんばっているか、へこたれているかがすぐわかる。毅然とした態度の人、元気に運動する人、看守とも平然と談笑するような人はがんばっている人だ。この態度では徳田君が一ばん立派だった。のちに水野成夫の転向手記をみたことがあるが、そのなかに、監房に入ってガチャリと錠をおろされたとき、すべてがおわったという感じをうけたと書かれてあった。経験した人は知っているが、市ケ谷で聞くあのガチャリという音はたしかに地獄の音だ。しかし、それでもう駄目だとめいっては、気分的に敵から圧倒されている。たたかいだから、敵が地獄の音で攻めてくれば、こちらも反撃すればよいのだ。ことに責任ある地位に立っていた人が気をつけなければならないのは、ほかのなかまがその人の言動を注視しているということだ。たたかいが苦戦になり、みかたの方でつぎつぎと戦友がたおれてゆくときには、一同が指揮官の顔をみて戦闘の模様はどうかと判断しがちだといわれているが、それとおなじである。

そのうちいろいろな方法で、あちらの監房、こちらの監房と連絡をとるようになった。連絡の方法には実に奇抜なのがある。ながくいるうちには、あらゆる方法をかんがえだすものだ。かれこれ三月もたつと、被害のていどがだいたいわかってきた。渡辺政之輔、市川正一、佐野学、鍋山貞親などがまだつかまっていない。しかし、たいていのものがつかまった。こうなったら、さいごの覚悟をきめる必要があるとわたしはかんがえた。自分が一さい陳述を拒否しても、あらましのことはばれてゆくだろう。がんらいこの治安維持法というものは、戦争を準備するために制定したもので、両者は表裏一体をなすものだから、わたしの獄中にいるあいだにかならず大戦争がおこるだろう。そうなれば、いよいよさいごのときがくるかも知れない。しかし、生命あるかぎり勤労人民の真実を持して、さいごの時間までがんばりぬこう。どんなことがあっても、生きぬいてゆくことにたえず確信をもってゆこうとかんがえた。

検事の調べがはじまり、予審の調べもはじまったが、わたしには四ヵ月間ぜんぜん調べがなかった。そののち一人の検事によびだされたが、かれもすぐは調べに入らなかった。ただかれの机のうえにはいろいろな印刷文書がおいてあった。これはわたしに、こんなにもたくさんつかまっているという暗示をあたえるためだった。二度目は、帝人事件で問題をおこした枇杷田源介《びわたげんすけ》が係り検事となって、調べをはじめた。手をかえ品をかえて数回調べたが、わたしはあいてにしない。一ヵ月もすると枇杷田と大げんかになり、かれは「志賀は絶対に調べない」といいだし上役にそう申しでた。それは、わたしがいいもしないのに、妙に卑屈な態度でものをいったようにかれが書記に書かせたので、わたしがばかなことを書くなといったことにはじまった。これがきっかけとなり、そののち数ヵ月もほったらかしにされた。そして、かれらはつまらぬことでしかえしをしてきた。たとえば手紙はいちいち予審判事のところで検閲されるのだが、やがてこの手紙が、投函されてから検閲をへてわたしの手もとまでくるのに八十日から九十日かかるようになった。まったく日常の用をなさない。また入った当初は本の差入れが多少ゆるやかに許されていたが、やがてこれもめちゃくちゃにしめてきた。ほとんど一さいの本の入手が禁じられた。たとえば数学者アンリー・ポアンカレの『晩近《ばんきん》の思想』までいけないという。「思想」という文字があるからいけないというのだ。ファーブルの『昆虫記』も訳者が大杉栄だったせいか、読んでいる途中に禁止してとりあげた。こうして外部の事情から遮断しようとする。面会の制限も非常にやかましくなり、絶対に必要なばあいをのぞいてはあわせない。こうして外部の事情から孤立させられることは、だれにでも非常な苦痛と感じられる。それに豊多摩刑務所には運動場の設備はなし、人は多いので、運動時間が一日にわずか三分、入浴時間もおなじく三分である。こういう状態がながいあいだつづいた。それでわれわれは、待遇改善をつよく要求した。

獄中で大切なことは、あまり受身一方になってはいけないということだ。何もせずただ消極的に運命にあまんじる態度になると、短い期間ならいかにも小さなことにこせつかず立派にみえることもあるが、一年が二年、二年が三年、三年が四年となるうちには、こまかいやすりにかけてその人の闘争精神をすりへらすことになる。だから、看守の暴行を挑発するようなことはさけた方がよいが、しかし監獄官吏の無礼にたいしてはどこまでもだまっていないことが絶対に必要だ。ことに、おれだけはよくおもわれようというので卑屈な態度をとるものは、自分も損をするし、ほかの人々にも迷惑をかけるから、こういう態度は一ばんいけない。

監獄のなかで当局は、政治犯にかぎらず一般囚人にたいしても猛烈に圧迫してくる。そして一般の囚人は、これをはねかえそうとしてもなしえない。いいたいこともいいえない。われわれは、同志はもちろんのこと、そういう人たちの要求も代弁してやる。すると、かれらもやはりわれわれを支持してくる。監獄へ入って気がつくことは、コソドロにせよ、カッパライにせよ、また強盗をやったものにせよ、名まえをみると、だれもがみな親からよい名をつけて貰っている。わるいことをするような名はもっていない。先天的な犯罪人はめったにいるものではない。だからその人たちの人間性にふれるようなことをこちらでおこなえば、箸にも棒にもかからぬというたちのわるい人々でも、人間的に結ばれてきて、かならずこちらを支持してくる。これは、この人たちの人間性をめざめさせる愉快な仕事である。これまでのような封建的な行刑制度では絶対に囚人の教育は不可能だ。卑屈な追従《ついしょう》と横着な偽善とだけがみとめられ、かげでは役人の手先になって、わるいことをするものが得をする。結局累犯者がふえるだけだ。

はがねは鍛えられてできる

監獄にいて感じることは、一ばんさいしょの日のじつにながいことだ。それからさいしょの一週間がながい。さいしょの六ヵ月、さいしょの一年がじつにながい。ところが二年目になると、もう二年たったかという感じにかわる。それからは、三年、四年、五年、十八年と、歳月の経過の感覚がこきざみでなくなる。しかし、もし当人に早くだしてもらいたいという気もちがあったら、そんな感じは絶対におこらない。かえってだんだん一日がながくなる。革命家というものは、出られるものなら出た方がよい。しかし革命家を出さぬと敵がきめた以上、無理をして出ようとすることは敵のわなにかかるもとだ。こんど出獄してきく言葉に、十八年もながい獄中生活で監獄ぼけして人間がだめになるよりは、妥協でもあれ、ともかく早く出てきた方がよいというが、どうだろうかという人がある。けれども、じつはこれは反動政府との妥協ではなく、取引を通ずるそれへの協力なのだ。こういうことを正当だという人のたいていが、じっさいは自分の立場を弁解するためのいいわけになっている。なるほど出られるものなら出て活動する方がよい。ことにそれほど責任ある地位になかった人はそうである。出るのが不可能なときに、無理に出ようとしたらかならず失敗する。また獄中でも、本当にがんばってゆくなら、けっして監獄ぼけなどするものではない。のちに第一回の公判がおわるころ、法廷で佐野学は、「われわれはながい獄中生活におかれるだろう。残念ながら、ながいあいだつづく刑獄はわれわれを退歩させる」と述べた。それを聞いてわたしは、死んだ国領伍一郎や徳田球一と顔を見あわせて、「なにをいうのか」と苦笑した。牢獄が革命家の試金石だということを忘れるから、こういう弱音を弱音とも気づかずに吐くのだ。われわれは獄中でも進歩し前進しなければならない。そしてそのためには、まず節制ある生活をおくることだ。あたえられた食物はかならずこれを消化することである。差入弁当は特別なばあいをのぞき、とらぬ方がよい。ことに米のめしをくうと、これがもたれて胃腸をこわしやすい。最近の未決は戦争と物資窮乏のために、食事は人間の生理的要求以下だから事情はことなるが、できるかぎり監獄のものをくい、摂生することだ。それから革命家にとって一ばん大切なことは、どんな弾圧をくらってもこれに屈服しないことだ。一つの障害を突破すれば人間はさらに前進する確信ができる。それ以上の困難がきてもそれにたえるだけの自信がついてくる。落伍するのも前進するのも、はじめその差はほんのわずかだ。一つの障害を突破し、さらに第二の障害を突破することによって前進がおこなわれる。さいしょからきたえあげられたはがねはない。はがねがたびたびきたえられることにより、いよいよ立派なものになるのとおなじだ。それに、大きな社会的事件というものは、そとで想像するよりもはるかに敏速に、監獄のたかい塀をのりこえてつたわってくる。だから、われわれさえただしい世界観をもっていれば、この事件にたいし正確な判断をあたえ、理論をさらにゆたかにし、さらにたかめることができる。

解党派まず屈服

第二の危機は、いよいよ取調べに入ったときにおこる。それは、「かれがしゃべってしまったのだから、おれもしゃべってよいだろう」という気もちである。この気もちにとらえられてはならない。そういう態度をとると、つぎからつぎと釘をうたれて、結局身動きがとれなくなる。ことに、責任ある地位のものは、「かれもしゃべったのだから、これは認めよう」というような態度をけっしてとってはならない。片言隻句も、反動の攻撃にたいして陳述しないことだ。敵のくわえるテロはざんぎゃく《残虐》である。責任ある地位の者は、反動の攻撃やこのテロに抗して、あくまで陳述すべきでない。陳述そのものが屈服となるからである。

一九二九年に、わたしは豊多摩から市ケ谷刑務所におくりかえされたが、偶然そのとき、となりの監房に故岩《いわ》田《た》義道《よしみち》が入ってきた。かれは三・一五をうまくのがれたが、しばらくしてつかまったものだ。かれからいろいろと事情をきいて、はじめて三・一五の全貌を知った。岩田も元気にがんばっていた。

危機がまたくる。この第三の危機は一年以内にくるのが多いようだ。それは、一体いつこの裁判は終結するのかというあせりである。拘置所のかぞえ歌にも、「三つとせ、未決のながいは共産党、二年三年のぼり坂」とある。このあせりの感じから、こんなふうに何もせずにながく獄中にいるのは無意味ではないか、それよりはなんとかして早く出て活動した方がいいのではないかというかんがえがうまれる。弱い人はこのかんがえに取りつかれる。じつはこのかんがえは自分がしだいしだいに屈服していくその心理の自己弁解なのだが、それを正当化してこんなふうに理由をつける。解党派を作った水野成夫がまずこうかんがえ、それに応じたのが河合悦三《かわいえつぞう》、村尾薩男、門屋博《かどやひろし》、南喜一《みなみきいち》、浅野晃の連中である。かれらはすでにつかまったさいしょの日から、だらしのない態度で敵にいろいろなことをしゃべった。一九二九年ごろわたしは市ケ谷にいて、当時まだ元気にがんばっていた杉浦啓一が近くにいたが、杉浦の監房の二つとなりにいた村尾薩男が転向したことをい い、杉浦にどなりつけられたことがあった。こうした屈服の空気は監房のなかを、電気のようにつたわるものだ。そして監獄のなかが動揺しだした。それは話や態度にあらわれたものでなく、無形の、それでいて神経にびりびりつたわってくる動揺の空気だ。しかしそれよりも大きく、これに憤慨して対抗する気分が人々のあいだにみなぎる。

こんなとき大切なことはおもだった者がそこで気あいをかけることだ。そうすると、全体が強くたかまっていく。ちょうど苦戦がつづいて、大きな砲弾を近くにくらって、悲鳴をあげたり、動揺の空気があたり一面に流れたりするとき、「しっかりしろ」と指揮官がはげますと、急にみな武者ぶるいして起ち上るのと同じである。この激励を看守の目をぬすんでやる。別に話しかけるわけではないが、この激励もびりびりつたわっていく。

ながいあいだ独房生活を続けていると、ちょうど盲人に異常な勘が発達するように、一種の勘がはたらいてくる。たとえば、よる寝ていて監房のはしにあしおとがすると、ああ今日の当番看守はだれだれだなとすぐわかる。わたしは一ばんすみの監房にいたが、看守がスタスタあるいてくると、そのあしおとのテンポで、これは自分のところにきたなということがわかる。「面会だろう」とこちらから声をかけると、看守は戸をあけながら、「どうしてわかるか」とふしぎがる。そんなふうに勘が発達してくる。監房内の動揺もそれに対抗する気分も、この勘にびりびりつたわってくる。激励はたとえば、なにげないふうで看守とはなしながら、それが動揺しているものにはっとひびくというように行うこともある。勇敢な人がこの激励をやって反撃すれば、成功する。

わたしは二年間というもの、自分が共産主義者であるとみとめたほかは、なにもいわずにがんばった。あとはなにか聞かれても、裁判所の書記が「このとき被告は黙してこたえず」としるすだけだった。なんとかつじつまをあわそうとおもったら、それはやぶれるもとだ。弱い人が口を割っても、自分のところへきたらはねかえす、何をいってきてもけとばして反撃するという気もちがなければならない。徳田君も、予審の陳述で天皇制の本質とその圧迫とを猛烈に攻撃し、あとはなにもいわなかった。

四・一六のあと、佐野学が上海でつかまった。ついで四・一六に残ったおもだった同志たちもつかまった。佐野がとらわれて検事からみせられたのが、佐野文夫や北浦《きたうら》千《せん》太郎《たろう》のだらしない調書だった。が、こうして作られた佐野の調書もまた何もかもベラベラしゃべった恥知らずなもので、それも自分を中心とし、あたかも自分のかんがえが党の正当な方針としてつらぬかれたかのようにみせかけたいやしい陳述だった。このために党の闘争のじっさいの姿は敵のまえにゆがんだ形でえがきだされ、そのうえかれは自己を正当化するために、同志市川や同志徳田にたいし、非礼きわまる陳述をぬけぬけといった。ひとたび転落しはじめると、人はその性格の弱さやきたないところを大写しにあらわしてくるものだ。そうなるとあとは、くだり坂にかかった車のように、ぐっと一気におちていく。のちにわたしは獄中で佐野とあい、「なぜああいうことをいうのか」とたずねると、かれは「北浦千太郎や佐野文夫がそういっているので、自分もつじつまをあわせた方がよいとおもった」という答えだった。そこには指導者としての責任感がすこしもない。かれの特徴はブタ箱か監獄にほうりこまれて孤立すると、すぐ弱さをあらわすことだ。かれのかような陳述のため、敵は自信をもち、がんばっていた市川、徳田、国領、杉浦やわたしなどに、かれの陳述をみせてわれわれの操志をくずそうとした。もちろんわれわれは敵の手にのらず、公判闘争における共同の陳述により、かれの陳述のあやまりをあきらかにしようとくわだて、事実またそれに成功した。

公判闘争

一九三一年七月から、宮城実判事を裁判長として公判がひらかれた。

勤労大衆はわれわれの公判闘争を猛烈に支持した。これにうろたえた警視庁は、はじめ裁判所のちかくに機関銃をすえつけるという警戒ぶりだった。公判闘争は一九二九年のおわりからはじまった世界的経済恐慌とこれにともなうわが国勤労大衆の戦闘化に結びつき、大衆闘争の昂揚に大きな力となった。この闘争により、党はいかなる弾圧下でも、たとえ獄中においても、人民の敵にたいしがんきょう《頑強》にたたかうことがはっきりしめされたうえに、党の全体の姿を統一した形で簡潔に説明することができた。

公判闘争は勤労大衆の非常な関心をあつめた。連日傍聴席はぎっしりいっぱいだった。裁判所がわは整理のために入場券を発行した。たくさんの人々が傍聴に押しかけてきたので、この入場券は、当日裁判所へきたのでは手に入らない。前の晩からとまりこみで待たなければ順番がきれる。それであの司法省の前の石だたみの路のうえに、労働者や農民がまえの晩からごろ寝し、公判を熱心に傍聴してわれわれのたたかう姿を目のおくにやきつけ、「共産党の指導者をはじめてみた」と感激してかえっていった。

入場する傍聴人にたいし官憲は厳重な身体検査をやり、またあたり一帯にきびしい警戒陣をしいた。にもかかわらず労働者や党員は、たくみにビラを傍聴席へかくしてもちこみ、これをまいた。「共産党をまもれ」「天皇制のざんぎゃく《残虐》な裁判絶対反対」「帝国主義戦争絶対反対」というようなビラだ。また法廷内の同志や傍聴席に入った労働者が、われわれの陳述を速記し、それを外部でまとめて公刊した。これがまた非常ないきおいで売れていった。これを防ぐために、やがて法廷内の速記も禁止されたが、いろいろな方法で、それからも公判の内容が印刷され発表された。

佐野学、鍋山貞親、三田村四郎、高橋貞樹らは、この公判闘争でも検事局と一点相通じるものがあった。それで、かれらは外部とどんな文通をしようと、検事局はこれを許す。書籍なども特別の便宜をあたえる。ところが、市川、徳田、国領、志賀などはことごとに制限をうける。われわれはずっとあとになって公判闘争に必要な資料を、公判の進行のために必要だといって団結の力で獲得することができたが、かれらは予審のはじめから、このような資料を自由に手にいれていた。

また佐野の陳述はまったく痴呆のようだったし、鍋山は、「わたしは党員でない」といっていた。三田村のいいぶんはチンドン屋みたいで、なにもかもしゃべった。そして自分を最高指導者のように吹聴した。高橋はまた、官憲のまえでしゃべってはならぬ党の機密をベラベラしゃべる。そうして、予審から公判にかけてのかれらは、まだのちのように完全に腐り切ってはいなかったが、要するにしどろもどろだった。敵がわのゆるしを乞い、かくれて結び、転落の坂をくだりつつあるときだった。しだいにその速度が急になり、ついには公然と党をそしり、うらぎったのである。けれども、このころにあらわれた態度は、責任ある地位の者のそれとしてまだ許しえないものではないと、われわれはかんがえた。そしてかれらをも法廷闘争委員会に加えていた。しかし、のちに一九四三年ごろ、拘禁所のなかで、わたしは徳田君などと、われわれはかれらにたいし、当時もっと厳格な態度をとるべきだったと話しあったことである。まったくかれらのこうした態度が、どんなに若い人たちの闘争心をくじいたことか、それはまことに許しがたい階級的罪悪だった。

　公判がおわるころ、ことに一九三一年九月満洲事変がはじまってからは、軍国主義者がしだいに権力をふるい、情勢はいよいよ反動化してきた。そこをねらって外部では警察が、ギャング事件とかリンチ事件とかをでっちあげ、党の全面的検挙をはかり、はげしい圧迫をくわえてきた。獄中でも、この情勢がろこつ《露骨》にあらわれてきた。残忍で有名な佐藤乙一という典獄《てんごく》が、森口蒔松という典獄補と協力して、われわれに肉体的攻撃をはじめてきた。公判のおわった翌晩のことである。公判から監獄にかえる途中のいざこざを理由に、森口が肌ぬぎになって指揮し、数十名の同志たちを監房からひきずりだし、革の鞭でなぐりつづけた。気を失ってたおれると、こんどは水をぶっかけて息をふきかえさせ、またなぐりつづけた。酒井定吉《さかいさだきち》君などは片眼片耳やられ、顔面神経痛となり、背中一面が紫色にはれあがり、医者もその化膿をおそれていた。

佐野学らのうらぎり

この情勢に、とらわれた共産党員の弱い動揺的な空気が、佐野、鍋山の一派に集中してあらわれてきた。森口典獄補は、たえずかれらのもとへいって語りあうようになり、かれらと検事局がわとの取引がろこつになってきた。こうして十分な相談のうえにできあがったのが、一九三三年六月の、天皇制擁護というかれらのうらぎり声明だった。この声明書は刑務所当局が謄写版《とうしゃばん》で刷ってやった。裁判所はもちろんのこと、検事局も監獄も、一さいがこのうらぎり行為のためにあらゆる便宜と手段を提供した。精神的な激励も、物質的な援助も、労力も、すべてをあたえた。このうらぎりを宣伝する原稿を外部にもちださせ、『文藝春秋』や『改造』にさかんに発表させた。そして支配階級は、この声明をきっかけにして転向時代を作りだそうとした。監獄のなかでもざんぎゃくな白色テロルを、

「転向させるため」に使用した。ことに婦人の同志にたいして、惨鼻をきわめたごうもんをおこなった。警察でも同様だった。佐野や鍋山のように転向しろと強要し、「陛下の御慈悲で、親心で、お前たちをしつけなおすのだ」と放言して非常なごうもんをやった。われわれにはへたなことをすると問題がおきるので、なかなか手をくわえないが、それでも機をみてはおそいかかった。

わたしにも転向をすすめる使いがきた。看守長がみんな、佐野や鍋山の使いであり、検事がこれにくわわっている。わたしにはまたある看守長が使いになり、かれらから「会いたい、会いたい」という手紙をさかんにもってくる。わたしは笑っていて、あいてにしない。すると偶然ほかの用事のようなかっこうで、「典獄補が用事がある」とわたしを呼びだし、かれらと会わせた。わたしは鍋山に、「水野、門屋らの解党派の増補訂正版だ」といった。そのとき佐野学が主張したおもなことは、一国社会主義による天皇制の讃美で、こんにちいっているのとおなじだ。

一九三四年になって第二回の公判闘争を、徳田、市川、国領、志賀の四人が共同の法廷に立ってたたかった。このときは弁護士を逮捕するというめちゃくちゃな裁判だった。市川君は二十三日にわたってハンストをやって、闇黒裁判の陰謀に抗議した。この公判は、敵に降伏した鍋山、佐野、三田村、高橋などのだらしない公判と、きわだった対照をみせた。

結局、十月十七日に判決があり、われわれは懲役十年の刑を課せられることになった。

こおりのなかで

その年の十二月、われわれはにわかに北海道へ送られることになった。徳田、市川、国領の諸君は網走へ、わたしは函館へ送られた。上野駅から編笠、手錠姿で汽車に乗せられ、まっすぐに函館へ行った。北海道はちょうど吹雪のさなかだった。すべてをひっさらってゆくようなはげしい吹雪が函館の街じゅうを吹きあれていた。

函館というところは、網走などにくらべると、夏と冬との温度の差もはるかにすくなく、北海道ではまず一ばんしのぎよいところとされている。ところが、函館刑務所の建築というのが、鉄筋コンクリートづくりで、設計した技師が内地式のあたまでかんがえてやったものだから、北海道の気候にあわない。コンクリートには雪どけの水がしみこむが、それが夜なかに凍結してコンクリートに大ひびを入れる。もともと世のどんぞこである監獄の暮しの、住みよかろうはずもないが、なかでも冬のさむさは一ばんにからだにこたえて苦しかった。

さむくなると役人はストーブをたくが、むろんわれわれには、真冬でも炭火一かけらも与えられはしない。コンクリートの壁は、わずかに外をふく風をさえぎってくれるだけで、その壁のわれめからは、ようしゃ《容赦》もなく水気がしみこんでくる。零下十五度にもなると、わるい監房ではへやじゅうがばりばりと凍りついてしまう。電気のコードが、つららになる。日がくれて電灯がともると、そのかすかなぬくもりで、つららがとけ、ぽたりぽたりと露がたれる。その露が、ふとんの上に子どものおしっこのあとのようなしみをつくり、そのしみがだんだんにひろがってゆく。壁には霜がくっつく。人の呼吸がふとんの襟に凍りつき、壁にからくさ模様ができて、それが電灯のあかりでぎらぎらとひかる。——こうして、六、七年というものを、冬は氷のなかで寝た。

きものは、大寒にはいると増衣《ましぎ》というものをくれるが、それまでは、例の赤いつんつるてんの監獄着のあわせとももひきが一枚ぎりだ。たびも十二月になるまでくれない。ふとんは夏冬とおしておなじのが一枚きりだ。

わたしは函館へうつされたのが十二月で、いくとすぐにリウマチス性の神経痛をおこした。ふしぶしがさされるようにいたんで、一分間と仰向きに寝ていられない。ところが、うかつに横になると、肩から風がはいってこごえつきそうになる。「芭蕉の句の」「木曾殿と背中あわせのさむさかな」どころではない。こういう状態が三年間もつづいた。みのむしのように、一枚のふとんをしっかりからだにまきつけて、それでもまんじりともできずに、いたさとさむさをしのびながら夜明けを待ったこともしばしばだった。『神曲』で、地獄のどんぞこに氷寒地獄をおいたダンテは、人間の苦しみのもっともひどいものがさむさであることを、さすがによく知っていたものだと感心したこともあった。もっとも、ダンテの氷寒地獄にはうらぎり者のユダが立っているが、日本の監獄では、うらぎり者になると佐野らのように優遇された。

それでも、からだに元気のあるうちはさむさもたえやすいが、監獄のくらしが一年、二年とつづいて、栄養がおとろえてくると、それにつれてさむさがいよいよ骨のずいまでこたえてくる。「もっそう飯《物相》」のひどさは今さらのことではないが、とくに戦争がはじまってからは、そとの世間でもしだいに食糧が窮屈になってくるにつれて、役人の食糧ごまかしも一層ろこつにはげしくなり、われわれは、一ヵ月のうちいくにちも塩ばかりでくう日がつづいた。どんぞこ生活の囚人の菜代をけずって、国防献金にしていたのである。くうものもろくろくくわせず、きものといえばつんつるてんのあわせ一枚で、そこへあのさむさだ。骨のずいがじんじんいたんで、リウマチスのひどいときにはしゃがむことができない。たとえば、便器で用をたそうにも足がまげられない。そして、りきむとびりびりひびいてくる。まったくさむかった。

一度などは、膝のうえからふとももにかけて大きな凍傷ができて、すんでのことに両脚を切断しなければならぬところだった。

サケ網をすく

函館の監獄では、はじめは軍隊手袋の穴かがりをやらされ、のちにはサケをとる網をすいていた。

季節によってちがうが、だいたい朝は五時におきて顔をあらい、めしをすませて、六時ごろから仕事をはじめる。穴かがりという仕事はこまかい仕事で、それをくらい電灯のしたでやるので非常に目をいためる。わたしの目がわるいのは、第一にこの穴かがり、第二に栄養不良が原因だった。網すきというのは、函館が漁業の根拠地である関係からこの仕事が多いのだが、まったく単調な仕事である。単調なだけでなく、非常に腹がへる。朝めしをくって一時間もこの仕事をつづけると、はやくも腹がへってくる。まえにだすのを〝きる〟といい、てまえへはこぶのを〝ひく〟というのだが、十時ごろになるときることがむずかしくなり、十一時ごろにはひくことができなくなる。ことに、冬のさむいときにマニラ・ロープの網をすかされるのは一ばんこたえる。脂肪分がたりないから手や足には一面にあかぎれができ、それが大きく口をあけているその指で網をすくと、きるたびに、ひくたびに、マニラ・ロープの繊維があかぎれの口につきささって、とびあがるようにいたい。——こういう仕事を、千葉へうつされるまで、ずっとつづけていた。

朝は五時におきて、六時から十一時半まで網をすく。それから昼めしをくって、十二時十分ごろからまた網すきにかかり、夏は五時までやって晩めしになる。晩めしの時間が三十分か四十分あって、それがすむとさらに七時まで網すきをつづける。結局実労働十二時間半ということになる。朝のうちに一度と昼から一度、休憩時間が十分ずつあり、そのほかにも運動や入浴や面会などの時間があるが、そういうものは労働時間のうちには入らないので、そういうことでたとえば一時間つぶすと、他の時間でそのおぎないをつけなければならない。監獄では一日の仕事を「課程」といっているが、十二時間半のあいだ、ただもうやみくもに、きってはひき、ひいてはきる網すきの「課程」は、まったく人間労働力のおどろくべき濫費だった。

トビとカラス

単調といえば監獄のくらしはどこでも単調なものだが、ことに函館の独房生活はそれがはなはだしかった。海岸の埋立地にたてられているので、四季おりおりの花などもすくなく、ことにながい冬のあいだなど、独房の窓から見わたす風景は、灰色にひくく垂れる空のしたで、くる日もくる日も、単調というよりも、むしろ荒涼たる鬼気をふくんだうっとうしさだった。

そのような日のおりおり、窓から、トビとカラスが、なきごえもたてずに必死にあらそうさまを見ることもあった。監獄の近所にイカをとるところがあって、そのはらわたをトビがさらってゆく。監獄の塀にとまってくおうとすると、そこへカラスが二羽でやってきて、両方からトビをつつく。トビがくちばしではねかえそうとすると、反対がわのやつがつつく。それを両がわからかわるがわるやっているうちに、すきを見て、すーっと、トビがとってきたイカのはらわたをさらってゆく――。

いったいに北海道のカラスはずぶとい。子どもが菓子など持っていると、うしろからきて、カーともいわずにそれをさらってゆく。冬になると、くいものがないために飢えとさむさでおちてくるやつもある。すると、ほかのカラスがたかって、地上で半分こごえているそのカラスをつつく。まっくろくあつまったカラスのむれが、人っけのない監獄の砂のうえでともぐいするすがたは、いいようもない凄惨なものだった。

監獄の四季

函館では、四月の末ごろに春がくる。百花さきみだれるというわけにはゆかないが、それでも、ながい冬ののちに春がくると、監獄の砂地にも、とぼしいながらもやはり春らしい草が芽をふき、春らしい花がひらく。さいしょに春をつげるのはツクシだ。四月も二十日をすぎて、もうそろそろ春だなとおもって餅網のような目のこまかい金網をはった窓から目をこらすと、そこここにツクシが小さな頭をもたげている。ツクシのつぎにはタンポポが葉をだし、見るまに黄いろいきれいな花をひらく。そのつぎにはクローバの花がさく。クローバの花のにおいはいいもので、函館へ行った翌年の春、監獄の砂地にこの花をみつけて喜んだのだが、その年の夏、あつさにやかれて、みなかれてしまった。五月の十五日ごろにはサクラがさきはじめる。サクラがさけば、もうまぎれもなく春だが、ただ本州の春とちがうのは、風がいっこうに春風らしくないことだ。北海道の春風は、どこかからりとしていて、本州で感じるようななまあたたかい感じがない。かれこれして六月になると、監獄でも冬のきものをぬいで、いわゆるあわせにきかえる。

北海道には梅雨がないといわれるが、函館にはある。本州とおなじに六月の十日ごろからつゆがはじまるが、そうなるとまた急にさむくなる。それが七月までつづいて、あがると夏だ。

北海道の夏は本来はすずしいはずなのだが、わたしの独房は、建物の西がわにあたっていて、まいにちまともに西日をてりつけられ、冬のさむさよりはいくらかましだとしても、決してしのぎよくはなかった。夜も十二時になって、コンクリートの壁に手をふれてみると、まだあつさがのこっている。ことに、防空演習がはじまるようになってからはひどかった。夏になると、普通なら蚊よけの金網をはめて窓をあけはなつのだが、防空演習のときには、あかりをもらさぬために、それをすっかりふさがねばならない。壁はやけるだけやけているし、しめきったせまい独房のなかで、滝のような汗をながし、じっとすわっていると、そのまま人間のもやしができそうな気がした。しかも夏になっても冬のふとんをかえてくれない。真冬にともかくもそれでさむさをしのいだふとんなのだから、ほんとうにもやしになる覚悟でもきめぬかぎり、とてもかけられるものではない。といって、かけないで寝ると夜あけにかぜをひくし、まったくしまつがわるかった。

北海道名物のガスは、函館ではわりにすくないが、ときどき「やませ」という風がふく。やませというのは北東の風という意味で、これが吹くと夏でもとてもさむい。

こうして七月、八月とあつい日がつづくが、九月のこえをきくと急にすずしくなる。北海道の秋は、もみじがじつにあざやかだ。もみじばかりでなしに、いろんな木がみな紅葉する。真紅にそまったサクラの葉のあざやかさなど、内地では見られない美しさだ。黄いろになるのも多いが、その黄いろもまた、まぶしいほど美しい。

九月一ぱいで、あわただしく秋がすぎると、いれかわりに、ながい、さむい冬がやってくる。

戦争と監獄と坊主と

独房の窓から見る風景はだいたいこんなもので、ときに自然のうつりかわりに心たのしむことはあっても、ぜんたいとしては、函館の七年間はまことに荒涼さくばく《索莫》たるおきふしであった。しかし、むろんこのあいだ、ただサケ網をすいたり景色を見たりしていただけではない。わたしの心は、むしろそんなところにはなかった。徳田、市川、国領などの諸君が網走でしたように、わたしもまた、日本共産党員の一人として、監獄のなかでのたたかいをつづけた。監獄の役人や、監獄にたずねてくる政府の役人にたいして、監獄における処置の暴状に反対し、官僚の腐敗と暴力とに抗議し、さらに日本の帝国主義の末路を警告し、侵略戦争をやめよとさけんだ。またなかまの囚人たちにたいして、日本のやっている戦争のほんとうの意味をおしえた。めくら馬のように滅亡への道をすすむ日本の運命を、囚人たちも一体どうなるのでしょうかとしんぱいしてたずねていた。皮肉なことに、侵略戦争に熱狂して理性をうしなった役人たちはわたしを気ちがいあつかいにしたが、世のなかから人間のくずとして見はなされている囚人たちは、かえって、だんだんわたしのいうことを理解し、のちには「はやく共産党の人に日本の大掃除をしてもらわなければだめですな」とまでいうようになった。

監獄では、書物は、むろんすきかって《好き勝手》にはよませない。政治犯や思想犯にたいしては、普通の囚人よりもいくらか多くよませることになっているが、われわれは別あつかいで、天皇制に関するもの、神道、仏教、神がかりの気ちがいじみた本など、それもごくわずかしかよませない。累進処置という制度があって、一級になると普通の本はたいていよめるのだが、われわれはその制度から除外だ。新聞はむろんよめない。しかし、こうしたわるい条件にもかかわらず、手にいるだけのものを冷静に分析的によむことによって、われわれは日本と世界の現実をはっきりつかみ、日本の帝国主義者たちが遠からずして犯罪的侵略戦争をおこすであろうことを予見し、その戦争が、人民を塗炭のくるしみに追いやることによって遂行され、しかも結局、もっともみじめな結果におわるであろうことを予見していた。そしてその予見が、一々そのとおりに現実となってゆくのを、監獄のなかでじっと見ていることほど、残念なことはなかった。

函館へいって四度目の夏、一九三七年七月に支那事変がおこった。監獄では、さあ戦争だ、いよいよ暴支ようちょう《膺懲》だというので、所長から坊主まで総がかりで戦争熱をあおりたてた。囚人というものは、世間のようすにうといし、ものの見かたも一ぱんに単純で封建的だから、支那がわるいからやっつけるのだと聞かされれば、そうか、それはけしからんということになり、はじめのうちは、ずいぶん戦争熱にうかされたものもあった。

監獄の生活にさいしょに「戦時色」をもちこんだのが、例の国防献金だった。わたしは一文もださなかったが、囚人諸君は、はじめのうちは、たいていなけなしのさいふをはたいてだしていたようだ。もっとも、かれらにしてみれば、それは早く監獄からだしてもらおうという一つの手でもあった。わたしのばあいは、当局が何度も献金を強要したが、いつも強硬にはねつけた。監獄では十二時間半労働を一月つづけて一円二十銭である。いかに十年まえの監獄のなかのことだとはいえ、ちょっと常識をはずれている。はじめて入ってきたような囚人に、一円二十銭だというと、「一日に一円二十銭ですか」ときく。「そうじゃない、一月だ」というと、「へえー」とおどろいたものだ。

しかし、はじめのうちこそ囚人諸君もなけなしの金をだしていたが、二回、三回とかさなってくるにつれて、しだいにかんがえてくる。所長や坊主どもは監獄の成績さえあがればよかろうが、日ごろから搾《しぼ》りとられているうえにさらに搾られる囚人にしてみれば、話がだんだんに大きくなって、あげくは飛行機一台献納するなどというめちゃくちゃなことになると、これはかんがえずにはいられない。そして、なるほど、志賀さんのいっているとおりだと、しだいにわれわれにちかづいてくる。

一度、東本願寺の法主《ほっす》の大谷光暢《おおたにこうちょう》が、「精神立国、教学刷新」とかいうもののしいふれこみで、細君と一しょにきて、監獄でちょっと話していったことがある。むろんわれわれは教誨堂《きょうかいどう》に出てゆけなかったが、話をきいてかえってきた囚人が、口をそろえて、「おさいせんあつめに来やがった」といっていた。戦争がすすむにつれて、監獄のそとでもなかでも、金あつめがはじめほどうまくゆかなくなり、いろんなあの手この手をかんがえだした。これもその一つだったわけだが、もともと坊主にたいする信用などあまりないところへ、坊主をもふくめて監獄の役人どもの腐敗が戦争とともに一だんとろこつになり、囚人のいかりを買っていた矢さきだから、そんな無理な金あつめは何のかいもなく、かえって囚人たちの監獄にたいする反感をいよいよはげしくするばかりだった。

囚人諸君がしだいに戦争熱からさめ、ものごとをありのままに見るようになっていった一つの原因は、かれらが戦争の不正、戦争による人民の搾取の事実を、かれら自身のからだにくわえられたきびしい体験によって、いやでも思いしらざるをえない立場にあったことだ。ノモンハン事件のときに、函館方面から出ていた須見《すみ》部隊というのが全滅した。*そのとき二、三の囚人がわたしにむかって、「戦争は負けですな。こんな戦争にわれわれをしぼるのはまちがいだ。」といった。これは一ばんひどい搾取をうける人たちが、なまみのからだでさとったことばだ。

監獄というところは、ちょっとかんがえると世ばなれのしたところのようだが、じっさいは、妙なかざりやごまかしがないだけに、社会の一ばん社会らしい縮図だといえる。わたしは、監獄のなかで、なかまの囚人や役人たちを見ているだけだったが、それだけで、そとの社会で、民心がしだいに戦争にうみつかれてゆくさまを、手にとるように了解することができた。

＊部隊が三〇パーセント程度の損耗を受けた場合を「全滅」、五〇パーセント程度の損耗の場合を「壊滅」と称する。一〇〇パーセントの損耗すなわち部隊の消滅は「殲滅」である。須見新一郎大佐率いる歩兵第二六聯隊の属する旭川第七師団の損耗率は、じつに七六パーセントに達した。

七年ぶりの春かぜ

一九四〇（昭和十五）年の四月、函館から千葉の監獄へうつされた。網走の徳田、市川の諸君も一しょで、七年ぶりになつかしい同志と顔をあわせ、内地の春かぜにふかれた。徳田君も市川君も、はげしい闘志はむかしにかわらなかったが、からだのおとろえがいたいたしかった。徳田君は目をわるくし、全身神経痛にくるしみ、頭髪もめっきりうすくなっていた。線香のようにやせほそった市川君から、網走の七年間のむごたらしいあけくれを聞いて、いきどおりに全身のわななくのをとどめえなかった。一方、日本の情勢も、久原房之助《くはらふさのすけ》あたりが、天皇主義的排外主義的な方針でむりやり押しとおそうとしているところで、七年ぶりの春かぜではあったが、じつは春かぜどころではなかった。

政府がわれわれを千葉へうつしたのは、途中で予定をかえてそうしたので、はじめは小菅へ送るはずだったらしい。一九四〇年は天皇紀元のいわゆる二千六百年で、この「盛事」にさいして減刑してやるというわけで、われわれも判決の十年を、一年十ヵ月ばかりまけてくれた（もっともわれわれのばあいは、六年間も未決でほうりこまれ、そのあいだを通算しないで十年を課せられたのだから、「減刑」などとありがたそうにおしつけられるいわれはない。じっさい、千葉へくるまでに、すでに十三年間を監獄でおくっているのだ）。ともかくこの「減刑」で刑期は八年二ヵ月ということになったが、そうすると一九四一年の十一月には刑期があけることになるので、一策を案じた天皇主義者たちは、刑務所のなかに予防拘禁所というものをつくって、刑期があけたのちはそこへわれわれをぶちこむことにきめ、その準備の意味で、まず北海道から小菅へつれてくることにしたらしい。ところがかんがえてみると、小菅には佐野や鍋山やそのほかの連中がいる。そのちかくへ徳田とか志賀とかいう連中がきて、わるい影響をあたえるようでもこまる、というので方針がかわって、結局われわれは「途中下車」させられ、一まず千葉の監獄へ入れられたわけだ。

アサリ汁と手錠

千葉へきてから、生活は北海道のときよりも一そうわるくなった。

函館でもそうだったが、役人がどろぼうばかりする。だいたい、監獄ほど役人がわるいことをするところはない。囚人にたいする圧迫のひどいところほど、そういう不正が多い。入っているどろぼうよりも、どろぼうの番をする役人の方がはるかにたちがわるいのだ。北海道では、冬はストーブなしでは仕事ができないから、役人は石炭をたいている。ところが、函館刑務所の泉《ミナモト》という所長などは本州からもってきた盆栽用にぜいたくな温室をつくっていて、いい石炭がくるとそれを温室のスチームにつかったりする。千葉へきたころには、戦争もだいぶすすんで、何かと不自由になっていたから、役人のどろぼうも一だんとはげしく、いいものはみな役人がもってゆくので、われわれは、食物らしいものが与えられなかった。千葉は野菜のできる土地なのに、一回の食事のおかずがマッチ箱ほどしかない。そのマッチ箱がホウレンソウのときなどは、まったくごなん《御難》だ。ホウレン草ではなくて、ホウレン木なのだから。

ときどきアサリ汁がでることもある。アサリ汁というときこえがいいが、そのじつは、入っているのはアサリのからばかりだ。

七つ八つ　からはあれども　アサリ汁
　実の一つだに　なきぞかなしき

というもじり歌*ができて、面会に来た親戚のものに聞かせたら、立会の役人があわててとめた。

こんなふうだから、函館からもちこしてきた栄養不良がいよいよひどくなり、ことに目がいけなくなった。本をよむと、一分間とつづけぬうちに目がいたくなり、しまいには、目をあけていることがむずかしくなった。徳田君などは急速に老眼がすすんでくるし、市川君は、歯がぼろぼろぬけおちて、手や足はまるで枯れすすきのようで、正視するにしのびなかった。

役人たちの規律がみだれてくるのに比例して、囚人に対する懲罰もいよいよ残忍性をました。便所へ行くのにも、飯を食うのにも、寝るにも一さい手錠をはずしてくれない。うしろ手錠というのは腰のまわりに革の帯をしめさせ、その帯に革の腕輪をとりつけ、そのなかに手首をしばるのだが、その腕輪を背中の方にまわして、両手はうしろにしめつけられている。そのままの姿で飯もくい、排便もし、寝具をひろげ、眠るのだ。監獄の経験のない人のとても想像もできないことだ。そういう非道とも何ともいいようのない虐待を、「懲罰」の名で、一ヵ月でも二ヵ月でも気のすむまでしいるのだ。

千葉にいたのは一年と六ヵ月ばかりだが、わたしなどは、そのあいだじゅうほとんど寝てくらした。

一九四一年の九月、太平洋戦争のはじまる三ヵ月前に、千葉から小菅へうつされた。いよいよ小菅へ行くというときに、役人どもはわれわれにたいして、猛烈に陰険な弾圧をくわえてきた。われわれを各個撃破しようとしてやったことだが、むろんわれわれは、断じて屈服しなかった。

＊太田道灌の故事で知られる「七重八重花は咲けども山吹の実の一つだになきぞ悲しき」(『後拾遺集』兼明親王の歌)のもじりである。

佐野、鍋山にあう

小菅へきてみておどろいたことは、われわれより一年ばかりおくれてつかまった佐野や鍋山が、非常に優遇されていることだった。冬のきものなども、函館では大寒にはいってはじめてましぎ《増衣》というものをくれたが、小菅は北海道よりもはるかにあたたかいのに、そのさむい北海道よりもずっと早く冬のきものをくれ、しかもましぎにくらべれば、その品もずっと上等なのだ。佐野や鍋山を見ていると、われわれが北海道で、いかに不当にざんぎゃくな目にあわされていたかということが、はっきりとわかった。佐野、鍋山は、そのころはもう公然と、荒木貞夫《あらきさだお》とか眞崎甚三郎《まざきじんざぶろう》とか東條英機《とうじょうひでき》とかいう男のことを別だんカムフラージュすることもなく、まったくおおっぴらに推奨していた。二・二六事件の連中がそのころやはり小菅にいたが、われわれにくらべると、かれらのくらしは殿様のようなものだった。散歩は勝手しだいだし、仕事なんか何もしないし、くいものもはるかにいいものをくっていた。そういう点は、じつにろこつなものだった。

小菅へうつったときにも役人が「戦争の将来をどう見るか」ときくので、「むろん、負けにきまっている」と答えると、ふしぎそうな顔をして「こりゃあ、ほんとの気ちがいだ」といった。わたしにしてみれば、何もえこじになってそう答えたのではないし、気もちも、たずねる役人よりはずっとたしかだった。あれこれおもいあわせて正気な頭で判断すれば、どうしても負けるという結論しかでてこなかったのだ。だが、ちょうどヨーロッパでは、ドイツ軍がモスクワまで攻めこんでいたころで、たいていの人が、ソビエット連邦が負けるものと信じていたし、そんなときに、われわればかりは、ドイツが負けるといいはってゆずらないものだから、ぜんぜん気ちがいあつかいにされた。

アメリカとの戦争も、われわれは早くから予見していた。そして、来栖《くるす》［三郎《さぶろう》］が香港からアメリカへ飛んだと聞いたときに、日清、日露の両戦争のときの日本軍のやりかたがぴんと頭にきて、これは無警告でだましうちをかける計画だと、ただちにさとった。われわれは、あらゆる機会をとらえて、この戦争が無謀きわまるもので、かならずや日本の人民をさんたんたる不幸につきおとすであろうことを主張したが、むろんそれで軍国主義者や官僚どもの妄想がとまるものでもなく、やがて十二月、のぼせあがったかれらはついに犯罪戦争に突入した。

予防拘禁所

小菅にいたのは三ヵ月ほどで、戦争のはじまった月の二十一日に、いよいよ豊多摩の刑務所に送られ、その一角にある予防拘禁所に入った。

われわれは、なんら裁判らしい裁判もうけることなしに、いきなり拘禁所へおくられた。治安維持法ですら、拘禁にさいしては裁判をやらねばならぬことを規定しているのに、無法な天皇主義者たちは、この無類の悪法がきめているところをすら、平然としてふみにじった。

そのときの裁判長は飯塚《いいづか》〔敏夫《としお》〕という男だったが、この男やそのほかの連中を見てつくづくおもったことは、日本の官僚制度の腐敗が、わずかなあいだに、いかにすくいようのないひどいものとなったかということだ。以前には、裁判長なり検事なりは、すくなくとも共産主義者をあいてにするときは、あまりへたなことをいって笑われないように、すこしは本もよみ、勉強もしてかかったものだった。しかるに、ほぼ十年ぶりでそういう連中にあってみると、そのような心がまえは、まったく失われてしまっている。人を人とも思わぬ専制主義のなかで、日本の司法官というものが、いかに高慢な、天くだり的な官僚になりきってしまったか、そして、そのような高慢な思いあがった態度をつづけていたために、いかにかれらが、無知そのもの、愚鈍そのものとなりきってしまっているか、まったくそれはひどいものだった。

拘禁所では、できるだけわれわれをきりはなすことにつとめ、日々迫害の連続だった。徳田君やわたしなどは、もっとも集中的にいためつけられた。一方では、あまいえさを用意して、転向すればすこしでもよくしてやると、さそいもかけてきた。しかしわれわれは、つねに一つの志にかたくむすびあっていた。監獄役人のどろぼうは、いよいよいでていよいよはげしくなり、ことに拘禁所は世帯が小さいだけに、役人どもがむりをしてとりあげるから、被害が大きかった。一九四三年の春ごろから、日本の監獄全体に栄養不良でばたばた死人がでた。そのようなことについても、われわれはあらゆる手をつくしてたたかった。拘禁所の二代目の所長の林 隆行《はやしたかゆき》という男を、人権じゅうりん《蹂躙》、とくしょく《瀆職》のかどで証拠をあげて告発したこともある。林というのはまったくひどい男だったが、司法省でもあまり問題がやかましくなったので、ごまかしのために新潟の方に転任させた。正木亮《まさきあきら》などは、「ナチス・ドイツでは共産主義者はいかしておかない。日本では天皇陛下のお慈悲があるから、おまえらを特別の恩恵でいかしておくのだ。ありがたくおもえ」と訓示をしたことがある。さきにかいた林なども、つねづねわれわれにむかって、「いまにおまえらをころしてやる。空襲になったらころしてやる」といっていた。すべてが、あくどく、気ちがいじみていた。

空襲下に

戦争がはじまった翌年の四月十八日、東京がはじめて空襲をうけたとき［ドゥーリトル空襲］には、拘禁所でも一時はなかなかのさわぎだった。いま函館で検事正をやっている中村義郎《なかむらよしろう》が当時の所長だったが、はじめ飛行機がどんどん飛んでくるのを見て、われわれが、「アメリカの飛行機だぜ」とおしえてやるのに、中村は、「つまらんうそをいうな」とかいって、てんで本気にしない。ところが、まもなく本物のアメリカ飛行機の空襲とわかったものだから、かれらはすくなからずうろたえた。むこうの事務所では、あわてて手錠をだす、捕縄をだす、サーベルをだす、ピストルをだす。われわれを「やっつける」準備をしているのだが、それがわれわれのところから手にとるように見える。その血まよったろうばい《狼狽》ぶりは、見ていてもなさけないほどだった。

一九四四年のくれごろから、しだいに空襲警報がひんぱんになり、一九四五年のはじめから、ついに本格的な空襲がはじまった。ところが、われわれは四月十八日の経験から、空襲のときには絶対に建物のそとへ出せと強硬に要求していたが、役人どもは、なんとかしてわれわれを出すまいとするのだ。三月十日のときにも、あのときは一機ずつきたが、われわれが「そとへ出せ」というのにたいして「一機だけきたのだから」といって承知しない。「ふざけるな。一機だろうと三機だろうと、爆弾がげんに頭のうえを飛んでるんじゃないか」とどなりつけたら、ようやく出した。

五月二十五日の東京さいごの大空襲のときには、拘禁所にもぽんぽん焼夷弾がおちた。あの晩は、ちょうど司法省の佐藤《さとう》［藤佐《とうすけ》］とかいう刑政局長をよんで、宴会をやったあとで、役人どもはみなさんざんのみくらって、刑政局長もとうとう家にかえれず、監獄のまえにある刑務所のクラブにとまっていた。拘禁所の役人が二次会をやって、べろんべろんによっぱらっていた、ちょうどそのときに、空襲がきたのだ。日ごろは、「共産主義者なんか、いざとなったらぶったぎってやる」などとうそぶいていた連中だが、さていざとなってみると、富士川の平家のようにみんなさんざんの醜体だ。しかも、ようすがそんなに切迫してきても、まだわけのわからぬことを口ばしって、われわれをそとに出そうとしないのだ。あのとき、もしわれわれが、役人どもをほとんどおどしつけるようにしてそとへ飛びだし、おちてくる焼夷弾を消しとめなかったら、おそらく拘禁所はまるやけになったかもしれない。

よいどれ役人がうろうろしているときに、拘禁所がどうにか焼けないですんだのは、まったくわれわれ収容者のおかげだったが、あとで無事にのこった建物を見て、所長は、ただ、「よく焼けなかった」と胸をなでるばかりであった。

この大空襲から一ヵ月のち、六月二十九日に、われわれは府中の拘禁所へうつされた。そして、けっきょく府中が十八年の監獄生活のさいごの場所となった。

「人民管理」は拘禁所でうまれた

われわれは、拘禁所のなかから、戦争の始終を注意ぶかく見つめていた。はじめ豊多摩拘禁所にわれわれが送られたのは、真珠湾の戦果に国じゅうがわきたっている前後だったが、われわれは、日本の優勢がせいぜい半年つづくか、つづかないかであることを、はっきり知っていた。負けるようにのぞんだのではない、かならず負けるほかないのだから、いまからでもよいから早くやめたらと、しつこく警告していたのだ。はたして、ヨーロッパではスターリングラードの反攻でドイツの負けが決定的となり、太平洋ではガダルカナルが転回点となった。そののちも、戦争はわれわれの警告していたとおりすすみ、人民のくるしみは日とともに深刻化していった。そして、われわれが府中にうつったころには、もはやだれの目にも、すべてのなりゆきはあきらかだった。

われわれは、戦争をやめろとさけびつづけると同時に、われわれがふたたびそとへ出てはたらく日のようやくちかづいていることを感じ、そのときの準備につとめていた。本はあいかわらず制限されていたが、火野葦平《ひのあしへい》とか尾崎士郎《おざきしろう》とかいう連中のものをよんでも、われわれはそのなかから、かれらのいうところとは反対の真実をつかみだすことができた。軍国主義の内部の機構が、だんだんに硬化してゆく過程と腐敗してゆく過程、それをわれわれは、かれらのかいている言葉のうえにうきぼりにした。そして、このような敵の腐敗と無能とを一方にてらしあわせながら、こんどわれわれが社会にでたとき、日本人民のさんたんたる状態をすくうために、どんなやりかたで何をしなければならぬかということを、日夜真剣に考えていた。

生産管理の戦術や、徳田君が読売新聞やそのほかにかいた「農業の将来」という論文や、そのほか復刊当時の『アカハタ』にのせたいろいろな論文などは、いずれも拘禁所のなかでかんがえ、研究し、おりをみてはおたがいに話しあったことの成果である。

自由の扉

やがて、ついに、われわれのふたたびはたらく日がきた。われわれを国賊とののしったものどもが、日本じゅうを焼野原と化し、百万の人民のいのちをうばい、あらゆる平安と幸福とをふみにじったのちに、その日がきた。

八月十五日、拘禁所では所長以下みんなラジオのところにあつまった。いわゆる玉音の録音放送だ。なんだかガーガーいうばかりで聞きとれなかったが、「しのびがたきをしのび」とかいうところが、ちょっとわかった。いずれにせよ、負けたということは、はっきりしていた。

それからというものは、役人どもは、まったくふぬけ《腑抜け》のようになってしまった。われわれはただちに釈放を要求し、何度でもくりかえして強硬に要求したが、いっかならちがあかない。九月のすえになってもまだ出さない。しかし、十月の四日に、最高司令部の「政治犯人を釈放せよ」という命令が出るにいたって、大勢はきまった。

九月のすえまでに、アメリカ軍の記者が三度しらべにきた。「政治犯人はいないか」というのだが、監獄では、いつも「いない、いない」といってしらをきっていた。ところが、九月の三十日になって、ニューズ・ウィークの「ハロルド・」アイザックス氏と、フランス通信社「AFP」の「ジャック・」マルキュース氏と「ロベール・」ギラン氏の三人がきた。この人たちは、正面から「政治犯人はいないか」とはいわない。まず「刑務所を見せてくれ」というので、監獄でもことわるわけにゆかず、さいしょに工場を見せた。つぎには「雑居を見せろ」というちゅうもんで、これもしかたなしに見せた。ところが「こんどは独居を見せてくれ」という。府中刑務所は十字型のアメリカ式建築だが、独居の建物へ案内して十字型のまんなかのところまできたときに、三人は、急に役人の方にむきなおったかとおもうと、ずばりと一こと、「政治犯がいるだろう」ときりこんだ。ぎくりとした役人は、それでもはじめは、「そんなものはいない」とごまかしにかかったが、「それじゃ軍隊にきてもらってもいいか」とたたみかけられて、へたへたとなり、ついに「じつは、あのしきりのむこうが拘禁所だ」と白状した。三人の人たちが、どやどやと拘禁所のなかに入ってきた。マルキュースさんが大きな声で、「ミスター・トクダはいるか、ミスター・シガはいるか」とさけびながらちかづいてきた。——それが、はじめてきく外部の人の声だった。

その日から、いよいよ出るまでの十日ばかりというものは、まいにち、各社の戦時通信員がとっかえひっかえやってきた。最高司令部からは、［ジョン・］エマーソン氏、［E・ハーバート・］ノーマン博士の二人、それに［CIS／民間諜報局の］デヴィス中佐などがきて、「出てからどうするつもりか」とわれわれの意向をたずね、司令部の方針もつたえてくれた。

十月十日午前十時、雨のふるなかをわれわれは出た。鉄の大扉をあけて、同志たがいに腕をくんで、監獄のそとへ、自由の世界へ、十八年ぶりに出た。雨のなかを、赤旗をふりながら待ってくれている人たちのすがたをみて、みな感慨のふかい顔をしていた。前の日からとまりこみで待っていたという同志もあった。

それからわれわれはあたらしい英気をもって、ただちに活動を開始した。

戦後の共産党・獄中記ブームと『獄中十八年』

解説　鳥羽耕史

1

『蟹工船』（一九二九年）と並ぶ小林《こばやし》多喜二《たきじ》の代表作の一つに、『一九二八年三月十五日』（一九三〇年）がある。三・一五事件と呼ばれる、日本共産党の大弾圧を扱ったものである。そのなかでは一九二二年に結成されて六年の日本共産党メンバーたちにたいする警察の暴力が、これでもかというぐらいに描写されている。

本書の著者の徳田《とくだ》球一《きゅういち》と志賀義雄《しがよしお》は、その前後に検挙され、以来十七年半を獄中で過ごした。一九三一年九月十八日の満洲事変に端を発する日中戦争と、一九四一年十二月八日の真珠湾攻撃にはじまる太平洋戦争の全期間、のちに「十五年戦争」とも呼ばれた戦時期の歳月を、まるごと監獄のなかに送ったわけだ。

その間《かん》、一九三三年二月二十日に捕まった小林多喜二は築地署における「取調べ」の名のもとの拷問で亡くなり、同年六月十日に佐野学《さのまなぶ》・鍋山貞親《なべやまさだちか》が獄中で発した「共同被告同志に告ぐる書」という転向声明もあいまって、プロレタリア文学者たちのあいだでも転向があいついだ。一九三〇年代半ばには、村山知義《むらやまともよし》「白夜」（一九三四年）や徳永直《とくながすなお》「冬枯れ」（同年）にはじまり、中野重治《なかのしげはる》「村の家」（一九三五年）などの一連の作品を代表とする「転向文学」が一つのジャンルをなすようになった。

弾圧によってプロレタリア文学が壊滅し、モダニズム文学も勢いを失ったなかで復権した私小説中心の文壇による「文芸復興」が語られるようになったのもつかのま、戦場で芥川賞を受けた火野葦平《ひのあしへい》『麦と兵隊』（一九三八年）などの兵士による小説がもてはやされ、同年には「ペン部隊」も結成され、既成の文学者たちも南方や中国へ動員されるようになった。一九四二年には、入会を拒否した中里介山《なかざとかいざん》と内田百閒《うちだひゃっけん》を除く文学者は日本文学報国会に所属することになり、虚構の戦果に満ちた大本営発表を垂れ流した新聞やラジオの報道にも近い、威勢のよい軍国賛美が文学の世界をも支配した。

内心はともかく、表面だけでもそうした時勢に迎合しないと、筆で食べていくことはかなわなかったのである。戦時下に筆を折らずに書きつづけた文学者たちは、程度の差こそあれ、戦争協力という意味では「有罪」だった。そのやましさが根底にあったことを踏まえないと、この時代に非転向を貫き、獄中で「無罪」のまま過ごしてきた共産主義者たちが、戦後に受けた凱旋将軍のような歓待ぶりが理解できないだろう。

戦後に英雄となった彼らと対極にあったのは、たとえば詩人の高村光太郎《たかむらこうたろう》である。真珠湾攻撃の感激を「記憶せよ、十二月八日／この日世界の歴史あらたまる」（「十二月八日」）と表現した彼は、戦時下に「決戦の年に志を述ぶ」、「覆滅彼にあり」などの愛国詩をうたいつづけた。そして敗戦間近に郷里に引き揚げ、みずからを愚か者とする「暗愚小伝」（一九四七年）を書いたのである。

戦後初期に占領軍によって公職追放とされた人びとのなかには菊池寛《きくちかん》らの文学者も含まれたが、この問題の追及は不徹底に終わった。一九五六年になって吉本隆明《よしもとたかあき》と武井昭夫《たけいてるお》が『文学者の戦争責任』を上梓《じょうし》し、さらに吉本は戦時下に右翼の中野正剛《なかのせいごう》らの東方会の庇護の下、正剛の弟の中野秀人《ひでと》らと〈文化再出発の会〉を開いていた花田清輝《はなだきよてる》を糾弾して論争にも発展したが、戦時下の屈折した表現の機微を主張する花田と吉本の議論はかみ合わないままだった。また、戦後に「小林多喜二と火野葦平とを表裏一体とながめ得るような成熟した文学的肉眼」の必要を唱えた平野謙《ひらのけん》の「ひとつの反措定」（一九四六年）にはじまる第二次「政治と文学」論争も、来るべき革命に奉仕するために文学が政治の優位性を認めるか否かという問題の周辺をまわりながら、何かの結論に至ったというわけではなかった。

ともあれ、一九四五年九月三十日もしくは十月一日、三人の欧米人ジャーナリストが、米軍将校に偽装して府中刑務所に乗りこんだことで、徳田球一や志賀義雄らは「発見」された。彼ら政治犯の発見に関するニュースは、十月三日の読売新聞、同四日のニューヨークタイムズ、同六日のワシントンポスト、同七日の朝日新聞など、国内外で報じられた。

ワシントンから適切な処置を求められたマッカーサーは、連合軍最高司令部覚書として、あらゆる政治犯人の釈放と特高の廃止、治安維持法の撤廃、山崎巌《やまざきいわお》内務大臣の罷免《ひめん》を日本政府に命令し、十月五日の東久邇《ひがしくに》内閣総辞職を経て、徳田らの釈放が実現することになった。徳田の発案で、彼らは党の再建の手はじめとして「人民に訴ふ」という声明書を印刷しておき、十月十日の出獄時に、府中刑務所前に集まった八百人に配った。

こうした経緯で戦後の活動をはじめた徳田らが、占領軍を「解放軍」と規定したのは、まさに文字どおりの意味だった、と見ることができるだろう。十一月八日に創立準備全国協議会、十二月一日に第四回大会を開いた日本共産党の人気は高まっていった。

本書からもうかがえる、「見る前に跳べ」式に、深く考える前に行動する徳田球一の行動力と、戦闘的な弁護士として培ったエネルギッシュな演説は、彼をカリスマとするのに十分な力があった。翌一九四六年一月、延安《えんあん》に亡命していた野坂参三《のさかさんぞう》が帰国し、二十六日の帰国歓迎国民大会で「愛される共産党」を提唱して、そのスローガンと占領下の平和革命路線が戦後の日本共産党の方針となった。同年四月の衆院選で野坂参三、徳田球一、志賀義雄、高倉輝《たかくらてる》、中西伊之助《なかにしいのすけ》の五名の当選者を出した日本共産党は、翌年の二・一ゼネスト失敗後の四月の衆院選で一議席を減らしたものの、日本国憲法施行後の最初の総選挙となった一九四九年一月の衆院選では三十五名の当選者を出し、人気の絶頂を示した。

二・一ゼネストに中止命令を出した占領軍は、一九四八年八月に大韓民国、九月に朝鮮民主主義人民共和国が成立して東アジア情勢が変わるにつれて、占領政策を転換させ、日本を民主化・非軍事化することから、共産主義の防波堤にすることへと目標を変えた。いわゆる「逆コース」である。一九四九年四月の団体等規正令と、同年七月から八月にかけての下山《しもやま》、三鷹《みたか》、松川《まつかわ》事件は、日本共産党や労働組合の前途に暗雲を示すものとなった。

さらに、一九四九年十月の中華人民共和国の成立と、一九五〇年一月のコミンフォルム批判により、事態は決定的となった。共産党の国際組織であるコミンフォルムの機関紙『恒久平和と人民民主主義のために』に掲載された「日本の情勢について」が、野坂参三の平和革命路線を否定したのだ。これにたいして「「日本の情勢について」に関する所感」を発表した徳田・野坂らの主流派もしくは所感派と、批判を受け入れる宮本顕治《みやもとけんじ》・志賀義雄らの国際派などに党は分裂して混乱に陥った。

一九五〇年六月六日に日本共産党の中央委員二十四名が追放処分を受け、徳田ら幹部九名は地下に潜って活動することになった。同二十五日に朝鮮戦争がはじまると、翌日から共産党機関紙『アカハタ』は発行停止処分を受け、映画界や、新聞・放送などの報道機関から共産党員を追放するレッドパージがはじまり、やがて電力・石炭・鉄鋼などの基幹産業へと広がった。八月以降、徳田、野坂らは中国へ渡り、北京機関を設立した。一九五一年四月のスターリン裁定で国際派が分派とされると、宮本らは自己批判し、十月の第五回全国協議会（五全協）で党は再統一され、五一年綱領による武装闘争方針が決まり、一九五二年から山村工作隊や中核自衛隊による火炎ビン闘争などが実行に移された。ここで実際に戦った党員として、例えば朝鮮生まれの特攻くずれとして戦後を迎え、一九四六年に志賀義雄の演説を聞いて憤激したが、二年後に入党した作家の小林勝《こばやしまさる》がいる。彼は一九五二年六月二十五日の朝鮮戦争二周年デモでの火炎ビン事件で現行犯として逮捕される。翌年保釈されるも、一九五九年に懲役一年の実刑判決が確定して収監され、そうした体験を書き継ぐことになった。

ともあれ、武装闘争は大衆の支持を得ず、一九五二年五月のいわゆる血のメーデー事件が七月の破壊活動防止法の制定施行を招く結果となった。同年十月の衆院選で、日本共産党は全員落選となって議席を失ったのである。

徳田は一九五三年十月十四日、北京の病院で客死したが、こうした情勢下での書記長の死は秘匿され、一九五五年七月、武装闘争方針を批判した第六回全国協議会（六全協）において初めて公表された。日本共産党は二年近くも指導者の死を隠し、公表は文字どおり徳田に「引導を渡す」とき、つまり新しい体制に移行するときだったわけだ。

戦後文学を担った文学者たちの多くと日本共産党の絶縁は、六全協よりも六～九年遅れ、宮本顕治らの独裁体制が強まるにしたがって起きた。

先にも述べた「やましさ」を抱えた文学者たちの多くは、党員もしくは同伴者として新日本文学会に集ったが、一九六〇年の安保闘争に関して意見の相違が多くなり、一九六一年七月の第八回党大会における綱領採択をめぐって断絶は決定的となった。この前後に三通の「意見書」や「声明」を出した安部公房《あべこうぼう》ら党員文学者は次々と除名された。さらに一九六四年、ソ連の推進した部分的核実験停止条約を支持した新日本文学会にたいし、中国共産党にならって反対した日本共産党が対立するにおよんで、ほぼすべての文学者が除名されるに至った。

ソ連の初期にロシア・アヴァンギャルドの運動があってマヤコフスキーらが活躍した後、粛清や抑圧によって急速に衰退したように、戦後日本における政治的前衛と芸術的前衛の一致の夢も、二十年足らずで消え去った。もちろんソ連ほど暴力的なかたちではなかったが、多くの文学者が「裏切られた」かたちで党を去っていったのである。

2

ところで、実際の牢獄やその幻想が、豊かな文学的イメージの源泉ともなりうることは、前田愛《まえだあい》「獄舎のユートピア」(『都市空間のなかの文学』一九八二年)が示したとおりである。前田はカンパネラやサド侯爵にはじまる囚人が夢想したユートピアの系譜を、明治期の宮崎夢柳《みやざきむりゅう》、北村透谷《きたむらとうこく》、松原岩五郎《まつばらいわごろう》らに至るまでたどってみせたが、それらは文字どおりの獄中記というわけではない。

　文学ジャンルとしての獄中記のはじまりは、おそらくシルヴィオ・ペリコ『私の牢獄』（一八三二年）あたりであろう。オーストリアの支配下に置かれながら民族解放とイタリア統一をめざしたペリコらは一八二〇年にオーストリア官憲に捕えられ、十年間の獄中生活を送ることになった。出獄後に刊行したこの本はヨーロッパ中で読まれて獄中ものの流行を招き、経験のない者までが偽の獄中記を書いたという。日本でも石川湧《いしかわゆう》訳『獄中記』として一九三六年と一九五〇年に、丸弘《まるひろし》訳『わが獄中記』として一九四三年と二〇〇一年に刊行されている。

　ドストエフスキーがオムスク監獄での四年間の経験をもとに小説化した『死の家の記録』（一八六二年）も高名であり、日本でも一九二一年の長岡義夫《ながおかよしお》訳以降、くりかえし出版された。また、同性愛のために一八九五年から二年間投獄されたオスカー・ワイルドが、獄中から愛人のアルフレッド・ダグラスにあてた書簡は、『デイ・プロフンディス（深き淵より）』と題されて没後の一九〇五年に出版された。これも本間久雄《ほんまひさお》訳『獄中記』として一九一二年に出た後、阿部知二《あべともじ》、田部重治《たなべじゅうじ》らも同題で翻訳出版し、広く読まれた。現在では大英図書館がホームページで編集前の手稿の写真版を公開している。

　目を国内に転ずれば、アナーキストの大杉栄《おおすぎさかえ》が市ヶ谷の東京監獄、巣鴨監獄、千葉監獄での経験を面白おかしく書いた『獄中記』（一九一九年）が早い例だろうか。一九二三年九月、関東大震災後の混乱のなかで大杉を殺して禁錮十年の判決を受けたが三年足らずで仮出獄となった憲兵大尉・甘粕正彦《あまかすまさひこ》による『獄中に於ける予の感想』（一九二七年）も出版されている。

また、三・一五事件前後に投獄された大勢の共産党員の通信を集めた新無産者新聞発刊発起人会編『獄窓の同志より』（一九二九年）や、獄中の経験を文学に生かした多田基一《ただきいち》『獄底ノ暗ニ歌フ　多田基一獄中歌集』（一九三〇年）などは、伏字だらけながら視覚的にも内容的にもプロレタリア文学の連続性の上にあるものだ。同じく投獄されるも翌年に転向し、一九三二年に肺結核で仮釈放となってから作家デビューした島木健作《しまきけんさく》の『獄』（一九三四年）という短編集は、すべてが刑務所にかかわる転向文学である。

『獄』の出た一九三四年には中岡艮一《なかおかこんいち》の『鉄窓十三年』と愛郷塾編の書簡集『橘孝三郎《たちばなこうざぶろう》獄中通信』の二冊が刊行され、獄中記の主役が左翼から右翼のテロリストへと変わった観もある。中岡は一九二一年十一月四日に原敬《はらたかし》首相を暗殺した人物である。橘は農本主義者であり、一九三二年に犬養毅《いぬかいつよし》首相が暗殺された五・一五事件の計画のなかで、首都に停電を起こすべくみずからの主宰する愛郷塾の弟子を率いて変電所を襲撃して無期懲役の判決を受けた。中岡は本の出た年に、橘も一九四〇年には恩赦で出獄しているので、そうした扱いも左翼とは異なるところである。

一九三六年の二・二六事件で反乱軍に資金を調達し禁錮五年の判決を受けた、陸軍少将にして歌人の齋藤瀏《さいとうりゅう》も、二年後には仮出獄し、『獄中の記』（一九四〇年）を出した。衛戍《えいじゅ》刑務所と豊多摩刑務所での経験を、随所に短歌をはさみながら語る本書は戦時下に広く読まれ、副田賢二《そえだけんじ》『〈獄中〉の文学史』（笠間書院、二〇一六年）は翌年四月に四十版を出したとしており、さらに一九四三年には七十九版まで記録している。

プロレタリア文学者から転向した林房雄《はやしふさお》が一九三〇～三二年に豊多摩刑務所、一九三四～三五年に静岡刑務所から家族などにあてた手紙を集めた『獄中記』（一九四〇年）は、二月の初版の後、同年六月に第二十信の転向論などを削った改訂再版を出し、七月に三版、二年後に六版まで出している。改訂版の序で「評家の多くは、いや殆んど全部の評家は、筆をそろへて、この本を、私のこれまでの著書の中の最良のものだと言ふ」と述べるとおり、好評をもって迎えられた本である。

こうした転向の先鞭をつけた佐野学は一九四三年まで、鍋山貞親は一九四〇年まで獄中にあったが、佐野は『其日々々』と題したノートを一九四一年後半に記し、真珠湾攻撃の感激を述べた後、「我れ悲しくも囚人たり。されども日本人として応分の勤めを果さずんばあるべからず」などと書いたりしている（早稲田大学図書館ホームページで参照可）。戦後の佐野学・鍋山貞親『転向十五年』（一九四九年）に収録した佐野学「獄中記」で「悲劇的な戦争がはじまつた」日としてふりかえるのとは大きな違いである。鍋山は同書に「心の足跡」を書いた他、『私は共産党をすてた　自由と祖国を求めて』（一九四九年）という回想記も出版したが、戦時下には沈黙を守った。

児玉誉士夫《こだまよしお》『獄中獄外』（一九四二年）あたりが、戦時下に広く読まれた獄中記の最後だろうか。一九三二年十月の独立青年社事件というクーデター未遂事件で爆発物取締罰則違反、殺人予備として府中刑務所に入れられ、一九三七年四月に仮出獄するまでの「獄中の記」と、出獄後に南京や上海を渡りあるいた「其後の記」から成る。扉には、中華民国国民政府主席汪兆銘《おうちょうめい》と海軍中将山縣正郷《やまがたまさくに》が題字を書き、衆議院議員で元駐伊大使、前外務省顧問の白鳥敏夫《しらとりとしお》らが序を寄せるなど、戦後にA級戦犯として巣鴨プリズンに収監されるも、保守政界の黒幕となっていく児玉の進路を予感させる。なお、巣鴨ではGHQ法務局長A・C・カーペンターのための口供書を提出し、これも児玉誉士夫『われ敗れたり』（一九四九年）として出版した。さらに姉妹編として、一九四六年一月二十五日から一九四九年十一月十二日までの獄中日記を『運命の門』（一九五〇年）として刊行した。

さて、戦後の日本において、獄中非転向の共産党員が人気を博したのは先にも見たとおりだが、彼らの手記・書簡の出版も盛んにおこなわれた。

まず、一九二〇年代なかばに福本イズムとして圧倒的な理論的影響力を持っていたが、コミンテルンの二七年テーゼの批判によって失脚した福本和夫《ふくもとかずお》による『獄中十四年』と『続獄中十四年』が、ともに一九四六年に出版された（発行月は正編が五月、続編が四月で逆順)。一九二八年の三・一五事件で検挙されてから一九三四年十二月の第三審までの市ヶ谷刑務所、一九四一年四月までの釧路刑務所、同年晩秋までの千葉刑務所、さらに小菅刑務所を経て豊多摩刑務所に新設された予防拘禁所に移され、一九四二年四月二十四日の釈放に至るまでの経緯を説明した後、獄中の経験や同志のことを語るものである。

読みどころは、党の要職を離れて久しい立場からの自由闊達で辛辣《しんらつ》な批判で、とくにプロレタリア革命とブルジョア民主主義革命のどちらが起こるかは「闘争の発展奈何《いかん》によってはじめて決まる」とする志賀義雄の説を「シガ(ヒガ)目二つの可能性戦略」と呼び、日本海海戦などと比較しながらくりかえし嘲笑してみせるところである。市川正一《いちかわしょういち》については饅頭《まんじゅう》などの食事にこだわるが、「主義思想は一歩も直訳の範囲を出ない」翻訳家とし、徳田球一についても漬物の多寡にこだわって要求を通したかのように勘違いする単純な男とし、朝三暮四の猿を思い出させるとする。

その市川正一の法廷陳述を編纂して徳田の序を付した『日本共産党闘争小史』は同年に、書簡集『獄中から』も翌一九四七年に刊行された。一九二九年の四・一六事件で検挙されて無期懲役となった市川は、一九四五年三月十五日、宮城刑務所で亡くなったが、その前年に父母もあいついで亡くなり、空襲のために手紙の大半も焼けたという。そのため、後者に収録された書簡の大半は一九三四年までに市ヶ谷刑務所の未決監から父母へあてられたもので、網走刑務所、千葉刑務所、宮城刑務所からのものはごくわずかである。

弟妹へあてたものを含め、孝行息子としての市川がしのばれるものだ。

共産主義者だが日本共産党員ではなく、ゾルゲ事件に関わり一九四一年十月十五日に検挙され、一九四四年十一月七日に巣鴨拘置所でゾルゲとともに処刑された尾崎秀実《おざきほつみ》の書簡集『愛情はふる星のごとく』（一九四六年）も出版された。一九四八年までの三年間、同書がベストセラーの二位か一位に入りつづけたことを、井上ひさし『ベストセラーの戦後史 1』（一九九五年）は空前の記録とし、①セックスもの、②真相はこうだ、もの、③愛と死もの、④人生論もの、⑤実用書もの、⑥占い、予言もの、というベストセラーの型の①以外すべてを完備した唯一の本であることにその理由を見出している。本書はくりかえし再刊され、二〇〇三年には削除部分を復元した岩波現代文庫版も刊行された。

河上肇《かわかみはじめ》『獄中贅語』（一九四七年）は京大教授を辞して日本共産党員となり、一九三三年一月十二日に逮捕されて懲役五年の判決を受けた河上が、翌年末の転向を経て、一九三七年六月十五日の出獄を前にして心境を書き、教務課長に提出したものである。『獄中日記』（一九四九年）は一九三五年二月十二日から出獄当日までの日記であり、ところどころに自作の俳句・短歌を入れている。ともに一九四六年一月三十日の河上の没後に出版された。

瀧澤修《たきざわおさむ》、瀧澤文子《ふみこ》共著、古谷綱武《ふるやつなたけ》編『愛は風雪に耐えて』（一九四九年）は、一九四〇年八月十九日、新協劇団のメンバー二十六名と新築地劇団のメンバー十四名のほか、全国の後援会関係者総計八十名が検挙された事件により、獄中の人となった瀧澤修と妻の文子の往復書簡集である。一九四一年十二月二十六日に保釈となるまでの六十四通の書簡が収録されている。

この一九四九年には、これまでと異なる異色の獄中記もいくつか出版された。先の児玉誉士夫に続き、巣鴨拘置所の教誨師・花山信勝《はなやましんしょう》が、獄中で接した戦犯死刑囚たちについて記録した『巣鴨の生と死　ある教誨師の記録』が出た。また、徳田球一による「笹川良一《ささがわりょういち》は軍のスパイをやって一億の資産を作った」というデマに憤る桜洋一郎《さくらよういちろう》が、沈黙を守りたいという笹川を三時間かけて口説き落とし、二日間かけて談話筆記したという、『笹川良一の見た　巣鴨の表情　戦犯獄中秘話』も出た。戦犯の手記は、マニラ軍事法廷で絞首刑の判決を受けて一年八ヵ月を巣鴨の独房で過ごし、執行直前に無罪判決を受けた門松正一《かどまつしょういち》『絞首刑』が翌年に出たほか、一九五〇年代なかばに盛んに出版される。

また、男装の麗人やアジアのマタ・ハリとして有名だったが一九四八年に銃殺刑に処せられた川島芳子《かわしまよしこ》の書簡類を、林杢兵衛《はやしもくべえ》が通俗小説のような語りのなかに配した『川島芳子獄中記』や、南樺太で反ソ政治経済謀略首犯として重懲役十五年の仮宣告を受け、ハバロフスクでの半年の牢獄生活の後、不起訴釈放処分を受けて出獄し、一年あまりを俘虜収容所に抑留されてから帰国したという菅原道太郎《すがわらみちたろう》の『赤い牢獄　ソ連獄中記』も同じ一九四九年に出版された。

戦後の獄中記ブームの掉尾《ちょうび》を飾るのは、宮本百合子《みやもとゆりこ》・宮本顕治『十二年の手紙』（全三冊、一九五〇～五二年）だろう。一九三三年十二月二十六日に検挙され、一九四五年十月九日の釈放まで、市ヶ谷刑務所の未決監から、新築の巣鴨拘置所、そして網走刑務所で過ごした宮本顕治と、妻で作家の百合子との往復書簡である。これはくりかえし再刊され、『人民文学』による宮本百合子攻撃の記憶を拭い去るばかりでなく、党内で昇りつめていく宮本顕治の正統性の宣伝に寄与した。

3

こうした共産党ブームと獄中記ブームの最中の一九四七年、徳田球一と志賀義雄の二人が、時事通信社の記者に向けて語った談話がまとめられたのが本書『獄中十八年』なのである。

じつは、本書は前年四月の衆院選前後に時事通信社が出した野坂参三『亡命十六年』の「姉妹篇」として企画されていた。

野坂も一九二八年の三・一五事件で検挙されたが、眼の手術を理由に一九三〇年三月に一ヵ月の出獄を許され、他の病気にもかかって延長を続け、一九三一年三月に妻の龍《りょう》とともに門司《もじ》から出国した。二人は大連《だいれん》からハルピン、ウラジオストック経由でモスクワに入り、一九四〇年三月まで滞在し、延安に移って一九四五年九月まで滞在し、アメリカの飛行機に便乗して張家口《ちょうかこう》へ、そこからソ連の飛行機で長春《ちょうしゅん》（新京《しんきょう》）へ行き、瀋陽《しんよう》（奉《ほう》天《てん》）、平壌《ピョンヤン》、ソウル（京城《けいじょう》）経由で一九四六年一月十日に博多《はかた》に着いた。

「亡命まで」、「ソ連の印象」、「延安の生活」、「国難の祖国へ」の四部に分かれた『亡命十六年』は、その間のソ連や中国での見聞に、スターリン、ディミトロフ、毛沢東《もうたくとう》、朱徳《しゅとく》ら共産党指導者の印象も加えたものである。「民主的共同戦線は世界の流れであり、歴史の流れである」とはじまるエピグラフを巻頭におく構成や装丁も『獄中十八年』の初版とよく似ている。巻末には「近刊」の「姉妹篇」として『獄中十八年』の広告が載り、「新らしい民主日本建設のための指導者と自称する人が簇生《そうせい》してゐるが、われわれは正しい指導者を選ぶために、まづその人々の過去の姿と行動をみつめ、誰れが常に民主運動の先頭に立つてきたかをしらねばならない。この書はその意味で一つの尊い指針である」としている。一九四七年四月の衆院選を控え、未遂に終わった二・一ゼネスト前後に出版された『獄中十八年』の政治的な重要性がうかがえる広告である。

それでは七十年後のいま、『獄中十八年』を読むことにどのような意味があるだろうか。

まず、力強い語りの魅力を挙げることができる。

一九五五年の大月書店版に寄せた志賀義雄「あとがき」によれば、一九四五年十二月に、時事通信社の寒々とした殺風景な部屋で口述をしたが、「口述のあいまに、記者諸君の質問にこたえる徳田のからだ全体から出てくるユーモアは、その一室の空気にあたたかいものをただよわせた」という。

初版は一九四六年の「現代かなづかい」告示以降で新仮名だが、一九四九年の『当用漢字字体表』告示以前のため旧字で出版された。可能なかぎり平仮名にひらく文字づかいは、大衆にわかりやすいものを心がけたのだろう。とくに徳田球一篇では、「オヤジ」と慕われた徳田の自在な語りを、暖かさとユーモアのなかに味わうことができる。

内容の面では、まず、徳田に代表される人民の側と、志賀に代表されるエリートの側の、共産党員の二つの生き方を学ぶことができる。

もちろん、中退とはいえ七高に通った徳田をただの人民と呼ぶことはできないが、ともに鹿児島の商人と沖縄の遊郭の女郎との間に生まれた両親をもち、十二歳で父を亡くしてからは祖母の家で苦労した彼は、順調なコースを歩んだわけではなかった。

志賀の方は、汽船船長の父を「水呑百姓の次男坊」と呼ぶものの、志賀姓を継いだ母方の実家は毛利藩旧目付の家という名門だった。一高、東大というエリートコースを歩むが、中学五年で米騒動に参加したという志賀は、新人会に入って学生聯合会を結成し、学生運動を広げていった。

志賀より七歳年上で、上京して逓信省貯金局の雇員をしていたときに米騒動に参加した徳田は、弁護士の勉強をしながら山川均《やまかわひとし》らの日本社会主義同盟に加わって活動をはじめ、その解散後は水曜会メンバーとなった。そして一九二二年七月十五日の日本共産党結成時から、二人の人生は重なっていくのである。

二人が幼少のころから差別や搾取に敏感で義憤を感じていたことは本書の記述からもわかるが、最大の違いとなるのは徳田における沖縄の問題である。

琉球で一番立派な男になるようにと名付けられた球一の名をもつ徳田は、のちに講談社社長になる野間清治《のませいじ》をはじめとする小中学校の教師が琉球人をばかにするのに接し、鹿児島の七高でも英語教師や母の異母弟にあたる叔父の母に差別を受けた。学校での問題はストライキで解決したということだが、肌で感じた差別の経験は、資本主義の矛盾や、搾取される人びとに寄り添う感性を養った。米軍基地問題をはじめとする、沖縄と本土との圧倒的な非対称関係が現在も続いていることを考えるとき、この問題がいまでも現代的であることに暗澹《あんたん》とせざるをえない。

また、「獄中十八年」という驚くべき長い年月を可能にした条件を考える時、手続き上の暴力という問題に行き着く。

一九二八年六月の「治安維持法中改正ノ件」を経て最高刑が死刑となった四・一六事件被告の市川正一らにたいしては無期懲役も合法なのだが、治安維持法の「改正」前、最高刑が懲役十年であったはずの徳田・志賀の残り八年はどのように可能になったのか。

ひとつの理由は徳田も述べているように、判決までの六年間の未決生活を通算四十日とする、という手続きのトリックである。これだけで実質懲役十六年と同じになるが、紀元二千六百年の「減刑」もあり、一九四一年末に彼らの刑期は終わった。それでも釈放されなかったのは、三・一五事件被告の刑期が切れる直前の一九四一年三月に治安維持法が再び「改正」され、再犯のおそれがある者は「予防拘禁」できるという規定が加わったためだ。

先の志賀義雄の大月書店版「あとがき」は、「われわれを予防拘禁にするとき裁判所がだした第一回と第二回の決定は、徳田の分も私の分も名前のちがいをのぞけば全く同じ内容のものであった」とする。司法省刑事局の極秘資料『思想資料パンフレット特集(昭和十七年十二月)徳田球一・志賀義雄・福本和夫に対する予防拘禁請求事件記録』によってこれを確認すれば、とくに第一回の二人の決定は同一ではないもののそっくりであり、現代のコピー&ペーストのような手軽な文書で、獄中生活を無限に延長するような手続きが取られたことが確認できる。

明確に転向の意志を示していた福本和夫は司法の独立によって出獄できたが、前掲の『獄中十四年』のなかで、ナチスドイツの拘禁制度にならって予防拘禁を発案した司法省の書記官こそ戦争犯罪人とされるべきだと述べている。この予防拘禁というアイディアには慄然とさせられるが、すでに私たちは共謀罪を持っている。未決期間の計算方法も含め、ホワイトカラーが手を汚さずに進める仕事のなかにおそるべき暴力が内包されているという状況は、いまでも変わらないかもしれない。

これに関わってもうひとつ印象的なのは、「監獄も社会も結局おなじだ」という徳田の「むすび」の言葉である。

軍隊と一般社会の同質性に関する大西巨人《おおにしきょじん》の『神聖喜劇』（全五巻、一九六〇〜二〇〇二年）の認識を横に置いてみてもよい。日常から隔絶された周縁的で暴力的な空間だと思われているところにこそ、社会の本質があらわれているのだ。あるいはミシェル・フーコーが『監獄の誕生』（一九七五年）で描いてみせた、パノプティコン（一望監視装置）による規律化を考えてみれば、監視カメラとスマートフォンに囲まれた現代社会の方が、より囚人らしい暮らしを実現させていることに気づくはずだ。「ただしい、ゆたかな社会」から「ただしい、ゆたかな監獄」への道は、現代でこそ容易でないことである。

政治犯たちを解放した「解放軍」が起草した平和憲法が、いま、書き換えられようとしている。テロという新しい戦争だけでなく、北朝鮮をめぐる核戦争の危機も喧伝されつづけている。しかし、「かならずそれをなしとげることができる」、「あたらしい英気をもって、ただちに活動を開始した」といった、戦後日本の力強い初心の言葉に立ち返ることは、監獄よりも閉塞した場所にいる私たちにも、かすかな希望を与えてくれるだろう。

本書は一九四七年二月時事通信社刊『獄中十八年』を底本として使用し、ルビを大幅に増やしました。底本刊行当時は現代仮名遣いが普及する前の過渡期にありました。また漢語をかなに開く傾向が強く、今日の観点から読みにくい箇所も散見されます。それゆえ仮名遣いや用字については、講談社の規準を準用して修正したり、漢字ルビをおぎなったりした箇所があります。本文中明らかな誤植と思われる箇所、人名や書名、地誌や日時、引用について明らかな事実誤認等があると考えられる箇所についてはこれを適宜正しました。また、本文中に適宜、編集部で説明を補足しました。おぎなった説明的箇所は［　］で示しています。その他あらたに註を付しました。底本にある表現で、今日の人権意識に照らして不適切と思われる表現がありますが、作品の時代背景、著者が故人であることなどを考慮し、底本のままとしました。よろしくご理解のほどお願いいたします。

獄中十八年《ごくちゅうじゅうはちねん》
徳田《とくだ》球一《きゅういち》／志賀《しが》義雄《よしお》

二〇一七年一二月八日第一刷発行

発行者――鈴木　哲
発行所――株式会社　講談社
東京都文京区音羽2・12・21　〒112-8001
電話　編集（03）5395・3513
販売（03）5395・5817
業務（03）5395・3615

デザイン――菊地信義
印刷――豊国印刷株式会社
製本――株式会社国宝社
本文データ制作――講談社デジタル製作

定価はカバーに表示してあります。

講談社
文芸文庫

ISBN978-4-06-290368-4

講談社文芸文庫

小沼 丹
藁屋根
解説=佐々木 敦　年譜=中村 明

大寺さんの若かりし日を描いた三作と、谷崎精二ら文士の風貌が鮮やかな「竹の会」、チロルや英国の小都市を訪れた際の出来事や人物が印象深い佳品が揃った短篇集。

おD10
978-4-06-290366-0

丹羽文雄
小説作法
解説=青木淳悟　年譜=中島国彦

人物の描き方から時間の処理法、題の付け方、あとがきの意義、執筆時に適した飲料まで。自身の作品を例に、懇切丁寧、裏の裏まで教え諭した究極の小説指南書。

にB2
978-4-06-290367-7

徳田球一／志賀義雄
獄中十八年
解説=鳥羽耕史

非転向の共産主義者二人。そのふしぎに明るい語り口は、過去を悔いる者にはあまりに眩しく、新しい世代には希望を与えた。敗戦直後の息吹を伝えるベストセラー。

とK1
978-4-06-290368-4